하야켄
일러스트 아키타 히카
"나도 헤엄쳐야지! 자, 렌도 헤엄치자!"
VRMMO학원에서 즐거운 마개조 가이드 6
~최약 직업으로 최강 대미지를 뽑아봤다~
어쩜 이리도 근사한 광경이란 말인가.
아직 조금 졸렸는데 단숨에 눈이 뜨였다.
가슴 크다. 허리 가늘다. 전신이 하얗고,
말랑말랑 부드러워 보인다—.

퀘스트 공략을 위한
렌의 폭탄 발언이 나오자,
팀 멤버는 대혼란?!

"정말이지. 모처럼 단둘이
있게 해줬는데!
아무런 진척도 없다니
간과할 수가 없네요."
"그, 그래도
아무 일도 없었던 건
아니거든요?"
노조미의 뜨거운
어드바이스를 받자,
아키라의 사랑에도
변화가 찾아오는데—?

즐거운 VRMMO 학원에서 마개조 가이드 6

~최약 직업으로 최강 대미지를 뽑아봤다~

하야켄 지음
아키타 히카 일러스트
이경인 옮김

A Guide to Happy Devil Mods
at VRMMO High School

CONTENTS

제 1 장 데스 채리엇 사냥

자, 그럼. 다음 날—.

슬슬 여름방학도 중반에 접어들었지만, 오늘도 여전히 나는 게임을 한다!

자기가 생각해도 솔직하고 착한 아이인 나는, 좋아하는 일은 철저하게 파고들어라! 라는 우리 집의 교육 방침에 충실하다.

아침밥을 먹고 준비해서, UW(언리미티드 월드)에 로그인.

출현 포인트는 여름방학 중 우리가 쓰는 거점, 이세계 사마르의 호화 수상 코티지다.

더 자세히 말하면, 바다에 인접한 테라스 중앙 부근이다.

그곳에 내가 모습을 드러내자, 바로 눈앞에 아키라가 있었다.

"안녕, 아키라."

"아, 렌 좋은 아침~."

싱글벙글 귀여운 웃음은 평소와 다름없지만—.

그 차림새는 여느 때와 다른 오라로 넘쳐났다.

수영복 차림이다. 모두가 집합할 때까지 헤엄을 치며 놀고 있었던 것이리라.

아키라의 진짜 수영복 차림은 처음 보는 걸지도 모른다.

언제나 소드 댄서 복장이라 노출도는 높지만, 역시 비키니 모습은 한층 더 굉장하네!

어쩜 이리도 근사한 광경이란 말인가. 아직 조금 졸렸는데 단숨에 눈이 뜨였다.

가슴 크다. 허리 가늘다. 전신이 하얗고, 말랑말랑 부드러워 보인다—.

"오오오오……! 아침 일찍부터 서비스 샷 왔다! 오늘은 좋은 날이 될 것 같은 기분이 드는데! 나를 위해 입어줘서 감사합니다!"

"따, 딱히 렌을 위해서는 아니거든……! 헤엄치고 있었을 뿐이니까. —뭐, 기뻐해 주는 건 기쁘긴 하지만? 에헤헤."

"과연 그럴까요……? 어느 걸 제일 좋아할지 따져가면서 실컷 고민하고 있었잖아요. 덕분에 별로 헤엄치지 못했어요."

수면에서 고개를 내민 아카바네가 말했다.

아아, 아카바네도 벌써 와 있었구나. 눈치채지 못했다.

"노조미! 쓸데없는 말은 안 해도 돼요!"

"네~에. 랍니다. 자, 나가기 전에 조금 더 헤엄치자고요. 모처럼이니까요."

오늘도『어즈워스 해저 유적군』탐색에 나설 예정이다.

데스 채리엇 선생님에게 용건이 있다. 이건 반드시 가야만 한다.

잘 풀린다면, 우리를 너덜너덜하게 만들었던 하데스 로즈

공략의 열쇠가 되어줄지도 모른다.

어제도 에밀리가 돌아간 뒤에 마지막으로 한 번만 더 가기 위해, 아키라에게 아카바네 씨를 불러달라고 해서 여섯 명이 모이기는 했지만 들어간 순간 몬스터 하우스가 발동하는 바람에 슬라임 대군에 치여서 죽고 말았다.

그래서 뭐, 오늘은 재도전인 셈이다.

“나도 헤엄쳐야지! 자, 렌도 헤엄치자!”

“물론! 갈아입고 올까!”

우리가 헤엄치거나 제트 스키로 노는 사이에 전원이 모였고, 『어즈워스 해저 유적군』으로 출발했다.

오늘 파티 멤버는 나, 아키라, 마에다, 야노, 아카바네에 시즈쿠 씨다. 어제와 비교하면 에밀리가 빠지고 아카바네가 들어온 거다.

직업 구성적으로는 문장술사, 소드 댄서, 학자, 공적, 소드 댄서, 격투가식이다. 더블 소드 댄서 시스템 또다시.

에밀리의 중기사는 광역 어그로(타운트)로 획득 스킬인 『이름 외치기』가 잡몹들과의 난전에서 굉장히 유용한 데다, 그렇게 모은 적을 직접 붉은 재앙(레드 디재스터)으로 날려버릴 수도 있기에 잡몹전이든 보스전이든 강하고 믿음직한 탱커였다.

나는 우대받는 직업에는 흥미가 없지만, 있으니까 역시 안정감이 달랐다.

더블 소드 댄서가 되었으니, 이걸 어떻게 굴려야 하려나.

뭐, 오늘 예정인 데스 채리엇 선생님 투어에서는 그렇게 아득바득 효율을 추구하지 않아도 되지만—.

그런 생각을 하면서 우리가 『어즈워스 해저 유적군』 입구로 찾아가자—.

"어라? 오늘은 사람이 적네?"

"아, 정말이네. —어제보다도 명백하게 적어."

"어떻게 된 거야……? 다들 현실로 나갔어?"

"아니. —『레인보우 가드』를 원해서 여기로 모인 녀석들은 다들 골수 게이머들이잖아. 이렇게 일제히 게임을 땡땡이칠 것 같지는 않아…… 아마, 다들 하데스 로즈 대책을 세우고 있는 게 아닐까? 아이템을 모으거나, 탤런트를 익히거나 하면서. 그것에 몰두하느라 일시적으로 멈춘 거겠지."

"그렇구나…… 근데 게임을 땡땡이친다니, 잘 생각해 보니까 굉장한 표현이네."

"그, 그러게…… 뭔가 잘못됐네. 하지만 왠지, 그게 당연한 것처럼 들려."

"너희가 열중하는 모습과 연구하는 모습을 보면, 스포츠 단체 경기와 비슷해 보이는데."

시즈쿠 씨가 코멘트를 남겼다.

"뭐, 실제로 프로게이머라는 직업도 알려지기 시작했으니까요. 에밀리 쪽도 그렇잖아요? 우리 회사에서도 프로게이머 팀을 만들자는 이야기가 나오고 있기도 하고요."

"큭큭큭— 프로게이머 팀을 공략으로 이기면 굉장히 기분 좋겠지. 불타오르는데. 반드시 이기겠어!"

그걸 위해서라도 우선은 데스 채리엇 선생님을 만나자!

우리는 『어즈워스 해저 유적군』 안으로 침입했다.

오늘의 목적인 데스 체리엇 선생님이 있는 곳은, B10F다.

가려면 B6F로 워프해서 네 개의 플로어를 클리어해 B10F로 가야 한다.

거기까지의 공략은 순조……롭다고는 말하기 힘들었다.

에밀리가 없는 만큼, 잡몹을 남획하는 스피드가 떨어졌으니까.

게이트 해방 조건이 적 전멸일 경우, 광역으로 적을 끌어들여서 광역으로 날려버릴 방법을 가진 에밀리가 최적이었다.

이거 뭔가, 스피드를 올릴 수단을 생각해야겠네—.

그래도 모든 게이트 해방 조건이 적의 전멸인 건 아니다.

다소 스피드는 떨어졌지만, 우리는 목표인 B10F까지 도착했다.

딩동~.

게이트 해방 조건을 달성! 다음 층으로 가는 게이트로 향해라!

"좋아. 다음은 기다리던 B10F네!"

"그래! 가자!"

우리는 워프 게이트를 향해 달렸다.

달리면서 야노가 뒤에서 질문했다.

"근데 그 녀석을 만나서 어쩔 거야? 뭔가 목적이라도 있어?"

"물론! 데스 채리엇이 요전에 몸통 장비인 혈명의 로브를 줬잖아? 다른 부위의 장비도 받아볼까 해서!"

"받는다니— 얻는 방법이 있어?"

"추측이지만 말이지……! 일단 가설을 증명하러 온 거야."

"나왔다, 검증! 어떤 무모한 짓이나 바보짓도 정당화하는 마법의 말이잖아!"

"칭찬해줘서 고마워!"

"칭찬한 거 아니거든!"

그런 대화를 나누면서 워프 게이트로 들어왔다.

눈앞의 광경이 바뀌면서 거대한 무인 투기장 필드로 워프했다.

저번과 마찬가지로, 주변을 둘러싼 무인 관객석이 쓸쓸하게 느껴진다.

딩동~.

게이트 해방 조건, 보스 몬스터를 쓰러뜨려라!

딩동~.

돌입으로부터 28분이 경과했습니다. 앞으로 120초 후 강

제 배출됩니다.

시스템 메시지가 2연타!

아앗, 큰일이네! 시간이 없어!

그러나 더블 소드 댄서 구성이 국지전의 순발력에서는 웃돈다.

단번에 쓰러뜨리자, 단번에!

“시간 없으니까 내 오의 3연발로 쓰러뜨리자! 지원 부탁해!”

“응! 오케이야, 렌!”

“이쪽도 AP(아츠 포인트)을 모아놨어요.”

“맡겨두라구!”

“나는 공격마법으로 원호할게.”

“이쪽은 마음대로 해도 괜찮을까?”

“그럼요. 마음껏 두들겨 패주세요!”

나는 시즈쿠 씨에게 답했다.

뭐, 마에다와 시즈쿠 씨는 이번에는 포지션상 프리니까.

타깃을 가져갈 일도 없으니 그냥 최대 화력으로 두들겨 패면 된다.

끼기긱, 둔한 소리가 나면서 맞은편 정면에 있는 철창이 열렸다.

한 박자 뒤에—.

끼릭끼릭끼릭— 삐걱대는 금속음이.

상반신은 검은 로브에 호러 영화 스크○에 나올 법한 유령 페이스.

하반신은 뾰족뾰족한 금속 스파이크가 박힌 바퀴와 드래곤 헤드.

양손은 가시 달린 체인으로 연결되어 있고, 무기는 거대한 낫을 들고 있다.

외모는 데스메탈의 화신처럼 완벽하게 차려입었지만—.

이래 봬도 옷이 없는 녀석에게는 자기 옷을 주는 자비심을 가진 나이스 가이.

그것이 바로 데스 채리엇 선생님이다.

철창 안에서 모습을 드러내더니, 천천히 우리를 향해 다가왔다.

"와아— 저게 데스 채리엇?! 외모 무서워! 굉장한 사이즈네~."

처음 보는 아키라가 기쁜 듯이 환성을 내질렀다.

그리고 카메라를 꺼내서 데스 채리엇으로 돌렸다.

어떤 때라도 처음 보는 건 일단 스샷을 찍어두는 정신이다. 역시 스샷충.

"뭔가 악취미네요…… 저는, 그다지—."

마찬가지로 처음 보는 아카바네는 별로인 모양이다. 뭐, 호불호가 갈리겠지.

자, 슬슬 공격 범위로 들어온다.

"좋아, 선수필승! 『파이널 스트라이크』! 『디어질 서클』!"

각각의 효과는 이런 느낌!

파이널 스트라이크(재사용시간 0/300초)

〈효과〉 다음 일격으로 무기가 소멸하지만 큰 대미지.

디어질 서클(소비 MP 5~∞ 재사용시간 0/10초)

〈효과〉 침입자의 AGI(민첩)을 25% 내리는 효과가 있는 문장진을 설치.

문장술사 전용.

무기 파괴 대신 다음 공격을 크게 부스트시키면서, 서클을 광범위 발동시켜 MP를 대폭 방출했다.

"그리고 먹어라, 필살의— 『주작일섬』!"

퍼어어어어어어어어어엉!

내 몸을 주작 모양 불꽃이 감싸고— 그대로 데스 채리엇에게 돌진해서 베어버렸다.

이 녀석은 『턴 오버』, 『폭염 태클』, 『발도술』을 탤런트 『스킬 체인』으로 합성한 오의다.

턴 오버(재사용시간 0/300초)

〈효과〉 현재 HP와 MP를 바꾼다. 문장술사 전용.

폭염 태클(소비 AP 75, 소비 HP 최대치의 10%)

〈효과〉 격투·몸통박치기술. 화염을 두른 고속 태클. 전방 범위 공격.

발도술(소비 AP 0)

〈효과〉 암기술. 허를 찌르며 강렬하게 칼을 뽑아 벤다. 1회 공격.

한 전투에 1회만 발동 가능. 현재 HP가 낮을수록 대미지 상승.

방어력 무시. 회피 불가.

이게 일제히 발동해서 『주작일섬』으로 변하는 거다.

『턴 오버』로 HP와 MP가 바뀌고, 사전에 『디어질 서클』로 MP를 소비한 덕분에 단숨에 HP가 레드 존까지 떨어진다.

거기서 『폭염 태클』의 불꽃을 두른 고속 돌진이 발동하면서 HP가 10퍼센트 줄어들어, 아슬아슬한 한 자릿수의 빈사 상태가 된다.

마무리인 암기 전용 아츠 『발도술』은 현재 HP가 낮을수록 대미지가 올라가므로, 빈사까지 가버린 남은 HP 덕분에 위력이 최대화.

게다가 오의 전에 발동시킨 『파이널 스트라이크』 덕분에 대미지가 더욱 증가. 로망포를 자칭할 수 있을 만큼 터무니없는 큰 대미지를 때려 박는다!

이것이 『주작일섬』의 운용 구조다.

다른 로망포 오의도 『턴 오버』를 써서 임의의 타이밍에 HP를 빈사 상태로 끌고 가고, 『발도술』을 조합해서 오의 위력을 최대화. 거기에 『파이널 스트라이크』도 병용해서 극대 대미지를 끌어내는 게 공통 설계 사상이다.

『턴 오버』는 문장술사 전용 스킬이라서, 임의의 타이밍에 HP를 빈사 상태로 끌고 가는 행위는 문장술사밖에 할 수 없다.

따라서, 오의를 날린 직후에는 빈사가 되기에 타깃이 넘어와서 바로 죽는다거나, 『발도술』 등의 암기계 아츠는 한 전투에 한 번밖에 못 쓴다거나, 그런 걸 회피하기 위해서는 무기를 파괴하고 재합성할 수밖에 없기에 오의 한 발에 돈이 마구 날아가는 돈 낭비 사양이라는 등등, 여러모로 디메리트는 많지만—.

그래도, 일격의 대미지는 틀림없이 최강.

나는 이 폭발적인 로망을 추구하며 세간에서는 망캐 취급을 받는 문장술사의 지휘 향상을 노리고 있다.

그것이 망캐 마이스터라 불리는 나의 라이프워크다!

렌의 주작일섬이 발동! 데스 채리엇에 5904의 대미지!

내 오의의 대미지 로그가 표시되었다.

음. 오늘의 로망포도 좋은 대미지다! 자, 슬슬 처치해볼까!

인사 대신 극대 대미지를 먹여주자, 당연히 데스 채리엇 선생님은 나를 바라보며 공격을 가했다.

오의를 날린 직후의 나는 빈사. 한 방만 맞아도 죽지만—.

다른 동료들을 믿고 당당하게 발을 멈춘 나는 아이템 윈도우를 열어서 다음 『지팡이칼』 합성에 들어갔다.

"다들 뒷일 잘 부탁해!"

전투 중 합성은 보통 불가능하지만, 탤런트 『유동 작업』을 세팅해두면 가능하다.

"얍. 『길티 스틸』!"

유우나의 길티 스틸이 발동. 유우나는 렌의 어그로를 전부 훔쳤다!

야노가 내 오의로 벌어들인 어그로를 전부 가져갔다.

데스 채리엇 선생님이 몸을 빙글 돌려서 야노를 바라봤다.

"""『검의 춤』!""

아키라와 아카바네가 동시에 『검의 춤』을 발동했다.

아키라의 검의 춤이 발동. 렌의 모든 스킬이 재사용 가능해졌다!
노조미의 검의 춤이 발동. 유우나의 모든 스킬이 재사용 가능해졌다!

"회복도!"

코토미의 엑스 힐이 발동. 렌의 HP가 345 회복됐다.

마에다도 절묘한 타이밍에 회복해줬다. 고마워, 고마워.
으~음. 하지만 『검의 춤』은 역시 아키라와 아카바네가 좋네.
전에 데스 채리엇 선생님과 싸웠을 때는 소드 댄서가 오라버니였단 말이지.
그에 비하면 아키라는 귀엽고 아카바네는 예쁘니까, 근사하다.
오의 발동의 전조인 서클 마법과 『파이널 스트라이크』를 발동.
"한 방 더 간다! 『주작일섬』!"

퍼어어어어어어어어어어어엉!

렌의 주작일섬이 발동! 데스 채리엇에 5904의 대미지!

그리고 그걸 신호로, 일행들이 일제히 움직였다.

유우나의 길티 스틸이 발동. 유우나는 렌의 어그로를 전부 훔쳤다!

아키라의 검의 춤이 발동. 렌의 모든 스킬이 재사용 가능해졌다!

노조미의 검의 춤이 발동. 유우나의 모든 스킬이 재사용 가능해졌다!

코토미의 엑스 힐이 발동. 렌의 HP가 345 회복됐다.

조금 전의 반복이군요!

자, 이제 오의를 한 방 더 날리면 데스 채리엇 선생님을 쓰러뜨릴 수 있다!

나는 다시 『지팡이칼』을 합성해서 오의의 사전 준비까지 끝냈다.

이후에는 오의를 날리기만 하면 되지만— 이번에는 여기서 한 번 비트는 작업이 필요하다.

뭘 어떻게 비트느냐면, 오라버니의 흉내라고나 할까…….

그래. 여기다, 여기서 벗는 거다!

세트 체인지
“장비 변경, 세트 D!”

액세서리 『이컵 링』으로 발동할 수 있는 『갈아입기』를 실행했다.

참고로 『이컵 링』의 스펙은—.

이컵 링

종류: 액세서리　장비 가능 레벨: 10

특수 성능: 장비 변경을 음성에 의한 쇼트커트로 행할 수 있다.

탤런트 『퀵 체인지』와 동일한 효과.

요컨대 장비의 힘으로 탤런트인 『퀵 체인지』를 쓸 수 있게 된다.

이런 탤런트 효과를 가진 액세서리는 꽤 많아서, 실질적으로 액세서리칸을 써서 탤런트를 하나 늘린다고 생각하면 된다.

이번 갈아입기에 의해서, 내 장비는 이런 식으로 변경됐다.

메인 웨폰: 지팡이칼(OEX)

서브 웨폰: 없음

레인지 웨폰: 대롱 화살(OEX)

화살, 탄약: 수면 화살

머리: 없음

몸통: 다마스쿠스 로브

팔: 없음

다리: 없음

발: 없음

액세서리 1: 이킵 링

액세서리 2: 러싱 링

그렇다. 머리, 팔, 다리, 발 부위를 벗은 거다!

요전에 우리는 데스 채리엇 선생님에게 『혈명의 로브』를 받았는데, 우리 말고는 그런 걸 받았다는 이야기를 듣지 못했다.

만약을 위해 아이템충 호무라 선배나 정보상 길드에 있는 카타오카에게도 물어봤는데, 역시 처음 듣는 소리라고 했다.

그러면 신경 쓰이는 건, 우리와 다른 파티의 차이점은 무엇이냐는 거다.

뭐, 가장 먼저 떠오르는 건 그분— 오라버니의 존재다.

오라버니에게 암흑 빙의라는 기술이 발동하더니 『혈명의 로브』가 억지로 장비칸에 끼어들었다고 하니까.

그리고 오라버니가 평범한 녀석들과 뭐가 다르냐면, 요컨대 알몸이었다는 거다.

내가 생각건대, 데스 채리엇 선생님이 쓰러진 순간에 누군가가 알몸 상태라면 암흑 빙의가 발동하는 게 아닐까?

보통 보스를 상대로 싸우는데 알몸으로 갈 리가 없으니까.

데스 채리잇 선생님이 강제로 장비를 벗기는 기술을 쓰는 것도 아니다.

다시 말해서, 그 순간 알몸으로 있는 바보는 기본적으로 그 사람뿐이다.

이게 데스 채리엇 선생님의 숨겨진 사양을 한 방에 적중시킨 거다.

그렇다면, 다른 누구도 『혈명의 로브』를 모르는 것도 납득이 간다.

따라서 내가 검증하고 싶은 건, 먼저 그 추론이 올바른지에 대한 거다.

그리고 야노에게도 말했듯이, 다른 장비도 얻을 수 없느냐에 대한 것.

조금 전의 갈아입기에서 몸통 장비만큼은 다마스쿠스 로브로 채워 넣었다.

아무도 몸통 장비칸을 비우지 않았다면, 다른 부위의 장비가 암흑 빙의되지 않을까 하는 계산이었다.

『혈명의 로브』는 스펙만 보면 터무니없는 문제아다.

혈명의 로브

종류: 갑옷　장비 가능 레벨: 50　방어력: 77

장비 가능 직업: ALL

특수 성능: 모든 스테이터스 –100, 이동 속도 다운

이러니까 말이지. ―평범하게 생각하면 필요 없다. 쓰지도 않는다.

그러나 내 검증 결과에 따르면, 『혈명의 로브』를 장비하면 『엘리멘탈 서클』에서 암속성 서클이 나올 확률이 올라간다.

아마 다른 부위 장비가 있다면, 그것에도 암서클 발동률 업이 달려있을 거다. 그러니 다른 부위도 얻을 수 있다면 얻고 싶다! 이런 거다.

"자, 선생님. 부탁합니다! 라스트 『주작일섬』~~~!"

나는 기도하면서 마무리 오의를 발동했다!

주작의 불꽃을 몸에 두른 돌진 베기가 비명을 지르며 데스 채리엇 선생님에게 작렬!

퍼어어어어어어어어엉!

렌의 주작일섬이 발동! 데스 채리엇에 5904의 대미지!
렌은 데스 채리엇을 쓰러뜨렸다.

좋았어. 속공 오의 3연타로 순삭이다!

『파이널 스트라이크』의 부작용으로 인해 『지팡이칼』의 소재 3세트가 바로 소멸해버린 것 말고는 아무런 문제도 없어!

극대 대미지의 로망은 항상 돈 낭비와의 절충이니까 말이지.

현실이란 험난한 법이다!

오오오오…… 오오오오오오오!

선생님이 몸을 꿈틀대면서 비명을 질렀다.
그 몸이 너덜너덜 무너진다—.
나는 그걸 보면서 열심히 응원했다.
"아직 사라지지 마! 버텨! 그때 그거 와라! 그거야 그거! 부탁합니다 부탁합니다 부탁합니다!"

데스 채리엇은 암흑 빙의의 자세—.

"왔다아아아아아아~~~~~!"
내 환희의 목소리가 울려 퍼지는 가운데, 데스 채리엇 선생님의 몸이 작고 검은빛이 되었다.
그게 내게 다가오더니 스르륵 몸속으로 사라졌다.
그리고 검은빛이 시야를 화악 감싸고—.
거기서, 묘하게 시야가 좁아졌다.
가면을 쓴 느낌? 이렇게 말하는 게 제일 가까운 감각이다.
이건—?
"아하하하하! 렌 이상한 거 나왔어, 이상한 거! 하지만 그러면 되는 거지?!"
아키라가 나를 가리키며 웃음을 터뜨렸다.
"몸통 부위 이외의 장비가 필요하다고 했으니, 확실히 노리던 그대로 되기는 했네요."

"하지만— 후후후, 조금 이상하네."

"타카시로! 잘 어울린다구!"

"아, 렌, 그거 아직 벗지 마! 스샷 찍을 거니까!"

그렇게 아키라에게 스샷을 찍히면서—.

일단 내 시야가 좁아진 건 가면이 얼굴을 덮었기 때문이었다.

호러 영화 스크○ 같은 유령 마스크다.

주원(呪怨)의 마스크

종류: 머리　장비 가능 레벨: 50　방어력: 27

장비 가능 직업: ALL

특수 성능: 모든 스테이터스 −100, 이동 속도 다운

『주원의 마스크』라. 이것도 『혈명의 로브』와 똑같이 문제아구나!

스테이터스는 터무니없이 내려가고, 이동 속도도 내려간다.

전투 중이든, 이동 중이든 장비할 가치를 찾을 수 없다.

이른바 하나의 산업 폐기물이라 불리는 물건으로밖에 보이지 않지만—.

아마 『혈명의 로브』와 마찬가지로, 장비 중에는 암서클 발동률이 올리기는 숨겨진 효과가 있을 거다. 나중에 검증해

봐야지.

아무튼 내 추측은 정확하게 맞아떨어져서, 노리던 그대로 장비를 얻어냈다!

데스 채리엇 선생님에게 마무리를 지을 때 장비를 조절한다면 다른 장비도 얻을 수 있겠어! 나머지는 팔 장비, 다리 장비, 발 장비인가! 전부 얻자!

"좋아, 다음 가자 다음! 앞으로 세 개 전부 얻자고!"

『혈명의 로브』 하나로 암서클 확률은 20퍼센트 정도 올라간 것처럼 보였다.

즉, 다섯 개가 모이면 이론상 100퍼센트에 도달하는 것도 가능!

꿈이 부푸는데! 자, 팍팍 모으자!

—그렇게 해서 몇 시간 뒤.

『어즈워스 해저 유적군』에서 나온 나의 장비는 이랬다!

머리: 주원의 마스크

몸통: 혈명의 로브

팔: 망자의 건틀릿

다리: 폭륜의 바지

발: 우룡(愚龍)의 롱부츠

참고로—.

망자의 건틀릿

종류: 팔　장비 가능 레벨: 50　방어력: 22

장비 가능 직업: ALL

특수 성능: 모든 스테이터스 -100, 이동 속도 다운

폭륜의 바지

종류: 다리　장비 가능 레벨: 50　방어력: 32

장비 가능 직업: ALL

특수 성능: 모든 스테이터스 -100, 이동 속도 다운

우룡의 롱부츠

종류: 발　장비 가능 레벨: 50　방어력: 22

장비 가능 직업: ALL

특수 성능: 모든 스테이터스 -100, 이동 속도 다운

으~음. 이거 터무니없는 마이너스네!

그러나 나는 기분 좋게 데스 채리엇 선생님의 장비로 전신을 감싸고 있었다!

이미 외모는 완전히 작은 데스 채리엇 선생님!

인간 세계에 흥미가 생겨, 작아져서 밖으로 나온 듯하다!

단, 지금의 나는 직립 이족 보행이지만―.

그렇다. 모든 장비를 얻자 채리엇 선생님의 구조를 겨우 이해할 수 있게 되었다.

그 로브에 가려진 하반신이 어떻게 되어 있느냐에 대한 거다.

먼저 『주원의 마스크』. 이건 스크○ 같은 퍼니한 마스크다.

『혈명의 로브』. 원령 이펙트가 나오거나 피로 물드는 등 기분 나쁘기는 해도, 이것도 그냥 평범한 로브다.

『망자의 건틀릿』. 좌우가 사슬로 이어져 있고, 움직이기 힘들다는 점을 제외하면 그런대로 평범할지도 모른다.

『폭륜의 바지』. 이건 다리 측면에 커다란 바퀴가 수없이 붙어있는 터무니없는 디자인이다.

일어나 보면, 제일 아래쪽 바퀴가 완전히 지면에 닿는 레벨이다.

『우룡의 롱부츠』. 뒤쪽보다 앞쪽이 훨씬 크다는 언밸런스한 구조에, 앞쪽 윗부분에는 커다란 수장룡 장식이 달렸다.

"즉……, 이렇게 하면 데스 채리엇 선생님과 똑같아지는 걸까?"

나는 정좌하려고 시도했다.

그렇다. 딱 정좌하면 바퀴가 전차처럼 나란히 놓이고, 부츠에 붙은 드래곤 장식이 전면으로 나오는 스타일이 된다.

분명 그 로브 안쪽도 이렇게 되어있겠지.

그리고, 내가 정좌하고 지면에 바퀴가 닿자—.

끼릭끼릭끼릭—!

키샤아아아아아아아!

바퀴가 돌면서 드래곤 헤드도 꾸물꾸물 움직였다!

오오, 이 녀석! 움직이잖아—?!

"오오, 굉장해! 이거 진짜로 움직이잖아!"

이 장비, 신기하네! 정말로 데스 채리엇식 무빙이 가능하게 될 줄이야!

조작감은 세그ㅇ이 같은 느낌인가? 몸을 기울이면 그 방향으로 꺾이는 것 같다.

핸들 같은 게 없어서 멈추는 법은 잘 모르겠지만.

"우와아! 그거 굉장하네! 멋대로 움직이는 거야? 조금 재미있어 보여!"

"그래, 멋대로 움직여! 꽤 즐거울지도 몰라!"

나는 바퀴를 끼릭끼릭 움직이면서 일행들 주변을 돌았다.

체감적으로는 정좌한 상태로 받침대에 올라타서 누군가에게 떠밀리고 있는 느낌인가?

정좌는 조금 피곤할지도 모르지만, 자동으로 움직여서 즐겁다.

"와아! 나도 타보고 싶어! 나중에 빌려줘!"

"그래! 그럼 다들 순서대로!"

"그럼, 오늘은 『어즈웍스 해저 유적군』 탐색은 이제 끝이지? 재미있으니까 코티지까지 이걸로 이동하자!"

"그럴까. ―코스프레용으로 갖고 싶어 하는 녀석도 있을지도 모르니까. 길드숍의 상품 어필도 되겠어!"

자, 그렇다면 통행인들의 간담을 서늘하게 해줄까!

아무리 그래도 데스 채리엇 장비 세트를 풀로 모은 녀석은 아직 없겠지!

보스전에서 굳이 알몸이 되는 바보가 파티에 있지 않으면 이 장비를 입수하는 방법을 눈치채지 못한다.

고마워요, 오라버니! 하지만 이제 파티 짜는 건 사양입니다!

"그러게. 비싸게 팔릴 것 같으면 양산해서 팔아치우는 것도 괜찮겠어!"

아키라가 눈을 반짝였다.

이게 수익이 괜찮다면, 몇 개를 더 모아서 파는 것도 괜찮겠지.

수익은 항상 중요하니까.

"나는 됐어! 외모가 조금 부끄러우니까! 앗키네가 해!"

"나, 나도 조금……."

"저도 마찬가지에요. 떨어져서 가겠어요. 조금 부끄러우니까."

야노, 마에다, 아카바네는 내키지 않는 모양이다.

"흠. 그럼 나도 입어보기로 할까. 이런 것도 좋은 추억이야."

시즈쿠 씨는 마음에 드는 모양이었다.

좋아. 셋이서 로테이션을 돌아서 데스 채리엇으로 주변을 돌아다니며 돌아갈까!

"뭐, 그건 됐다고 치고 그 전에— 가장 중요한 걸 확인해보겠어!"

"아, 암속성 서클 확률 말이지? 다섯 개가 모이면 기대치는 100퍼센트 암서클이었던가?"

"맞아맞아. 그건 한 방에 알 수 있으니까, 바로 시험해보자!"

"응응. 해봐? 보고 있을 테니까."

"좋았어—! 엘리멘탈 서클…… 아니, 스톱. 『엘리멘탈 서클』…… 아아, 중단됐다! 멈추기 힘드네!"

마법을 영창할 때는 발을 멈추고 영창해야만 하는데—.

이게 멋대로 움직여서 멈추기가 힘들다.

마법을 영창하려다 중단, 다시 영창하려다 중단되는 쓸데없는 루프가 발생한다. 이건 마치 거동이 버그가 난 NPC 같네.

"뭐 하고 있어? 렌? 그것도 검증?"

아키라가 어리둥절하고 있다.

이런 일이 종종 있다니까! 그야 평소에 이상한 일만 하고 있으면, 일반적인 실수를 저질러도 뭔가 의미가 있는 게 아닐까 생각하기도 하겠지!

"아니, 그냥 멈출 수가 없어서 마법이 중단된 건데……."

"아, 진짜 곤란한 거구나. 그럼 움직이지 않게 해줄게."

아키라가 내 뒤로 돌아가서 어깨를 잡아줬다.

—그러나 다시 미묘하게 바퀴가 돌아서 앞으로 움직이고

말았다.

"응? 아직 움직이네. 더 힘을 줘야겠어. 에잇!"

꽉 끌어안으면서 확실하게 홀드. 이걸로 바퀴가 멈췄다.

와아아. 뒤에서 가슴이 닿잖아! 이거 좋군. 근사해.

저도 모르게 멈추고 싶어질 만한 감촉이다.

정말로 이 게임, 영문을 모를 만큼 느낌이 생생하다.

잘한다. 좀 더 하라고 말하지 않을 수 없다.

"……."

"렌~? 빨리 마법 써야지? 혹시 뭔가 이상한 생각을 하는 걸까?"

"으흠! 여기는 게임 속이라고는 해도 학원 안이기도 하지 않나? 여름방학 기간 중이라고는 해도, 학생은 건전하게 보내야지. 볼일이 없다면 바로 떨어지도록 해."

시즈쿠 씨가 꽤 진지하게 주의를 줬다.

이 사람, 나카다 선생님보다 선생님답네. 그 선생님이라면 분명 무시했을 텐데.

주의하는 어조에도 뭔가 위엄이 있다. 높은 사람이라면 이래야지.

순순히 따를 분위기가 든다고나 할까—.

"아아, 죄송합니다. 바로 할게요! 『엘리멘탈 서클』, 『엘리멘탈 서클』, 『엘리멘탈 서클』, 『엘리멘탈 서클』, 『엘리멘탈 서클』!"

생겨난 서클의 색을 보자, 류가 목소리를 높였다!

“뀨뀨~! 검정검정검정검정검정~!”

와, 왔다~~~~~~!

“좋아 좋아 예상대로! 꿈의 암서클 확률 100퍼센트야!”

나는 양손을 펼치며 기뻐하려 했지만, 『망자의 건틀릿』의 사슬이 팽팽해져서 방해하는 바람에 하지 못했다.

이거 은근히 방해되네!

“에에잇. 움직이기 진짜 힘드네! 뭐, 아무튼 돌아가자. 주변을 돌아다니면서!”

“응응. 갑자기 나타난 데스 채리엇과 놀라는 통행인의 모습을 확실히 스샷 찍을 거니까!”

“뭐, 마음대로 하라고. 그럼 가자, 전속력!”

나는 전속력으로 움직이려고 몸을 앞으로 굽혔는데—.

끼릭끼릭끼릭—.

꺄아아아아아아!

바퀴도 드래곤도 기운차게 움직였지만— 그건 겉모습뿐이었다.

느리다. 스피드가.

사람이 천천히 걷는 스피드밖에 나오지 않았다.

할아버지나 할머니가 탄 전동 카트보다 느릴지도 모른다.

채리엇 느낌이 전혀 안 나는데요!

채리엇이라고 하면, 좀 더 힘차게 폭주해서 사람들을 치어버리는 기세가 나오지 않으면 안 되잖아. 전쟁에서 적을 쓸어버려야 하는 게 전차니까.

"끄응……! 이거 스피드가 안 나오네."

"그러게. 느리네—."

"뭐, 뭐어, 모든 부위에 이동 속도 다운이 붙어있으니까."

너무 빠르면 과하게 유용해져서 곤란하다는 뜻인가?

폭주할 수 있다면, 장비를 잔뜩 모아서 데스 채리엇 레이스 같은 걸 해도 재미있었을 텐데 말이지.

공도를 마리오 카트로 내달리는 동영상의 데스 채리엇판 같은 구도가 나올 수도 있었는데, 이렇게 느려서야 말이지.

"이거 그냥 걷는 게 빠르지 않을까?"

나는 일단 평범하게 일어나서 걷기로 했다.

그러나— 걸으려도 해도 전혀 몸이 안 움직인다!

"으고고고고고……?! 뭐야 이거?!"

느릿, 느릿, 슬로우 재생 정도의 속도밖에 나오지 않는다.

이거 터무니없이 걷기 힘들잖아!

"그, 그렇구나. 이것도 이동 속도 다운이니까……!"

평범하게 걷는 것에 비하면, 그나마 데스 채리엇식 무빙이 훨씬 빠르다.

이런 걸 입고, 게다가 스테이터스까지 대폭 내려간다면, 데스 채리엇 선생님 안에 있는 사람은 장비를 벗으면 엄청 강하겠네.

"역시 아까 그게 아니면 안 될 것 같네."

"그러게. 뭐, 좋아. 천천히 돌아가자."

그런고로, 나는 다시 바퀴를 움직였다.

하루 5회까지의『어즈워스 해저 유적군』탐색도 이미 끝났으니까, 천천히 가도 딱히 상관없겠지.

일부러 섬 중심부의 사람 많은 곳으로 들어가서, 커다란 바퀴가 도는 끼릭끼릭 소리를 크게 내며 그 사이를 느릿느릿 나아갔다.

역시 상당한 주목을 받아서, 저게 뭐냐며 손가락질하는 플레이어가 많았다.

응응. 주목을 받고 있네.

겉모습이 상당히 임팩트가 있으니까. 누군가가 비싸게 산다면 팔 수도 있어! 우리는 또 얻을 수 있으니까.

유료로 얻는 법을 정보 제공해줘도 되겠지.

"아하하. 주목받고 있네, 렌."

"그러게. 길드숍 상품 선전도 될 테니까. 이것도 좋아."

"후우……. 이런 주목은 오라버니와 함께 있을 때만으로도 충분한데요."

뒤에서 아카바네가 한숨을 내쉬었다.

아카바네도 고생하고 있네.

"하지만 이번에는 그 사람이 그런 모습이 아니었다면 눈지

채지 못했을 테니까, 그것만큼은 감사하고 있어. 그것만큼은."

나는 아카바네를 돌아보면서 엄지를 척 들었다.

지금의 내 외모는 작은 데스 채리엇이다.

그게 이러고 있으니까, 대단히 초현실적으로 보이겠지.

"그건 고맙네요. ―아무래도 좋은데, 그 외모로 말 걸지 말아 주세요. 친구로 보이면 부끄러우니까요."

꺼림칙한 듯한 대답이 돌아왔다.

그때―.

"여어, 아키라! 게다가 너― 렌이냐? 그 모습은 뭐야?!"

지나가던 유키노 선배가 조금 기겁한 듯이 우리에게 말을 걸어왔다.

지금부터 『어즈워스 해저 유적군』으로 가려는 건가?

"유키노 선배! 안녕하세요!"

아키라가 싱글벙글 웃으며 유키노 선배를 바라봤다.

"아, 안녕하세요. 유키노 선배! 이거 어떤가요? 끝내주죠?"

"흠……. 이건 『어즈워스 해저 유적군』 도중에 있던 보스 맞지?"

"맞아요. 데스 채리엇! 그 녀석이 될 수 있다고요. 이거."

"본 적도 없는 장비인데―? 이건 대인전에 쓸 수 있는 건가?"

대인전충 유키노 선배라면, 먼저 그것에 제일 흥미를 보이겠지.

그보다, 이 사람은 그것밖에 흥미가 없다.

“아뇨, 전혀. 터무니없는 마이너스 보정이 붙거든요. 성능 볼래요?”

“호오……? 그래, 부탁하마.”

그래서 나는 윈도우를 열어서 유키노 선배에게 보여줬다.

그걸 본 유키노 선배가 인상을 찌푸렸다.

“뭐냐 이건—! 완전히 코스프레용 장비잖아! 필요 없어!”

“하지만 레어라고요. 분명 아무도 얻지 못했을 테니까. — 그런고로 호무라 선배는 오늘 없나요?”

“아니, 금방 올 텐데— 오, 왔군.”

“유, 유키노……! 뭐 하고 있어?! 그 이상한 건 뭐야?!”

“오, 안녕하세요. 호무라 선배!”

오오, 왔구나. 아이템충—!

호무라 선배라면 흥미를 보일 게 틀림없다.

모든 아이템을 수집하는 게 호무라 선배의 꿈이니까.

그게 좋은 것이든 나쁜 것이든, 미소지 아이템은 수집한다.

그것이 아이템충의 본성이라는 거다.

현물, 혹은 정보를 비싸게 사주지 않으려나—?

“타카시로……?! 그 장비는 뭐야?! 나 이런 건 모르는데?! 이건 그거지? 『어즈워스 해저 유적군』 도중에 나오는 보스.”

“네. 맞아요. 데스 채리엇이죠. 그 녀석에게서 얻은 건데, 아마 가지고 있는 건 우리뿐이라고 생각해요.”

“확실히……, 이런 게 나온다는 건 처음 들어. 데스 채리엇은 확실히 얕은 계층의 보스잖아? 그럼 다들 지나갔을 텐데, 지금까지 발견 보고 같은 건 없었어."

"그렇죠. 지금은 희소가치가 있지 않을까요. 흥미 있나요?"

"팔 거야?!"

호무라 선배가 몸을 내밀었다. 역시 아이템충 길드의 보스네. 새로운 아이템에 사족을 못 쓴다니까.

그러나 유키노 선배는 그런 호무라 선배에게 어이없는 시선을 보냈다.

"넌 이런 게 필요한 거냐? 말해두는데, 성능은 터무니없는 쓰레기라고?"

"흥. 성능만이 아이템의 가치인 건 아니야! 마음의 양식인 거지!"

"뭐?! 너는 물건이 좋은지 나쁜지도 판단하지 않고, 그냥 뭐든지 갖고 싶어 하는 무능한 녀석 아니냐. 부끄러운 줄 알아야지."

"너한테 듣고 싶지는 않아. 근육뇌!"

"닥쳐, 아이템충!"

실랑이가 시작됐다.

이번에는 팀을 짜고 있는데도, 단숨에 팀이 붕괴해버릴 것 같네.

변함없이 똑같은 게임을 즐기고 있는데도 신조가 맞지 않는 모양이다.

"뭐, 일단 제가 검증한 바로는 숨겨진 성능 같은 것도 있는데요—."

"응? 렌, 무슨 성능이냐?"

"문장술사의 『엘리멘탈 서클』에서 암속성 발동률이 올라가요. 상승률은 한 부위당 20퍼센트 정도죠."

"그건, 그거 아니냐? 추가 공격이 일반 공격에 부가되는 마법이었던가…… 하지만 발동하는 속성은 랜덤이었고."

"맞아요 맞아요."

역시 유키노 선배는 배틀에 관련된 건 자세히 아네.

"용케 알고 있네요?"

"그야 물론이지. 대인전의 전투 밸런스에 영향을 미칠지도 모르는 요소니까. 우리 길드의 검증반에게 성능을 확인하게 시켰어. 확실히, 추가 효과가 발동할 때는 매번 공격하는 사람의 MP를 소비했었지?"

"그렇죠."

"섣불리 썼다가는 반대로 파티 멤버의 방해가 될 수도 있는 마법이야—."

뭐, 유키노 선배의 말이 옳다.

타격 때마다 MP를 잡아먹는다는 건 그거다. 드○로 따지면 이○의 지팡이인 셈인데—.

그게 강제로 발동되면 짜증 나겠지.

자신은 MP를 온존해두고 싶은데! 이런 마음이 들게 된다.

광속성 서클은 MP 흡수 효과가 있어서 광속성 100퍼센트가 된다면 그나마 허용되겠지만—.

유감스럽게도 데스 채리엇 장비로 조절할 수 있는 건 HP 흡수가 딸린 암서클 쪽이다.

"뭐, 기본적으로는 그렇죠. 개발 측의 의도는 잠깐 솔로로 싸울 수 있게 되는 거겠지만요."

"그렇지…… 렌에게는 유감이겠어."

"아뇨. 암서클은 재미있어 보이니까 완전 괜찮거든요. 아직 검증할 여지는 있어요."

"그런가. 뭐, 또 뭔가 재미난 걸 보여주기를 기대하고 있겠어."

"그나저나, 이야기 도중이었잖아. 그래서, 그거 팔 거야?"

"으음……. 장비 하나와 『매의 극광석』 하나를 교환한다든가—."

『매의 극광석』은 그거다. 전에 호무라 선배가 내게 줬던 2회 공격용 무기를 만드는 소재다. 그걸로 데드 엔드 V를 날렸던 건 좋은 추억이었다.

그거 비싸단 말이지.

결국 그 이후 내 손으로 『매의 극광석』을 조합할 수는 없었지만, 이번에는 아마 필요할 거다.

그러나 내 돈을 내서 사기에는, 사전에 필요한 물건이 좀 부족하다.

여기서는 부자인 호무라 선배의 지갑에 의지하겠어—!

단순 『레인보우 가드』 쟁탈전이라면 그냥 평소의 감사를 담아서 공짜로 양보할 수도 있지만, 아키라가 앞으로 거리낌 없이 이 게임을 하려면 소드 댄서 장비의 겉모습 문제를 어떻게든 해야만 한다.

원래 소드 댄서를 추천한 건 나니까, 만약 아키라가 장비 탓에 집안사람들에게 혼나서 퇴학이라도 당하게 된다면 내 책임이다.

여기서는 진심으로 『레인보우 가드』를 얻으러 가야겠지—!

승리에 전념하면서, 마개조와 자이언트 킬링도 잊지 않는 느낌으로!

그러므로, 호무라 선배에게는 미안하지만 가차 없이 대가를 받으려고 한다.

『매의 극광석』을 조달하기 위한 돈을 마련하려고 손을 멈추고 싶지 않으니까.

"그럼 전부 다섯 개? 크게 나오네. 아직 아무도 보유하고 있지 않은 물건이라는 건 확실하지만—."

호무라 선배가 고민하는 표정을 보였다.

확실히, 단순 컬렉터 아이템치고는 좀 비싸긴 하지.

그러므로, 나는 제안을 바꿨다. 실은 이쪽이 진짜다.

먼저 크게 조건을 내놓고, 진짜 목표로 유도하는 거다.

"그럼, 이거 얻는 방법을 알려드릴게요. 정보 제공비로 『매의 극광석』 하나면 돼요. 요령만 알면 금방 얻으니까요."

반대로, 모르면 거의 눈치채지 못하지만—.

소 뒷걸음질 치다 쥐를 잡은 격이랄까…… 고마워요. 오라버니.

아무튼 내가 골라줬으면 하는 건 이쪽이다.

이쪽은 한 번 더 얻으러 가는 수고를 덜 수 있고, 반대로 호무라 선배 일행이 이걸 얻으러 가게 되면 그만큼 진행이 멈추게 되니까.

일종의 발을 묶는 공작이기도 한 셈이다.

"오케이……. 그거면 돼. 그럼 자, 『매의 극광석』이야."

호무라 선배는 바로 『매의 극광석』을 꺼내서 건네줬다.

역시 이 선배는 부자란 말이지. 몇 개 더 있을 것 같다.

"매번 감사합니다!"

이걸로 하데스 로즈 격파에 또 한 걸음 다가섰다. —그럴 거다!

내가 데스 채리엇 장비의 입수 방법을 알려주자, 호무라 선배가 목소리를 높였다.

"뭐?! 그런 방법이야?! 그런 걸 용케 눈치챘네!"

"뭐, 우연이긴 하지만요. 그 사람이 같이 있어서—."

"에에에에에에엑?! 그건 그거잖아?! 뭐, 확실히 그러네. 알몸이니까. 확실히 그거라면 얻을 수 있겠네. 조건상……."

"그렇죠. 솔직히 완전히 우연이었어요."

"뭐, 그걸로 새로운 아이템을 입수할 수 있다면 딱히 뭐든 상관없어! 좋아, 가자. 유키노! 장비 모으러!"

"바보 같은 소리 하지 마라. 목적이 변했잖아. 우리는 하데스 로즈와 싸우기 위해 『상급 전이석』을 모으러 온 거다."

"그럼 딱히 어느 계층에 가더라도 상관없잖아! 『상급 전이석』이 어디서 나오는지는 랜덤이니까. 덤으로 데스 채리엇 장비도 얻는 거야!"

"아아, 선배네도 하데스 로즈에서 당했나요?"

"너희도냐? 역시 그건 꽤 힘들지. 아마 그것의 공략법을 빨리 찾아내는 파티가 『레인보우 가드』에 크게 가까워질 거다. 명백하게 지금까지의 보스보다 강하니까. 우리도 시행착오를 겪는 중이야."

"이쪽도 그래요. 그럼 지금까지의 진척은 호각이네요."

"그렇지. 대부분 거기서 멈췄을 테니까. 다들 각각 방책을 세우는 중이라 오늘은 주변에 사람이 별로 없는 거다."

"선배네가 『어즈워스 해저 유적군』에 왔다는 건……, 『상급 전이석』 말고도 뭔가 신경 쓰이는 거라도—."

"후훗. 뭐, 시험해보고 싶은 게 있긴 해. 렌도 그건 똑같잖아? 그 장비를 써서 뭔가 수를 생각하고 있을 테니까."

"하하하. 뭐, 서로 노력하자는 걸로 부탁해요."

"그래. 그럼 이만. 아키라도, 너희도 힘내라."

"자, 우물쭈물하지 마. 유키노! 새로운 아이템이 나를 기다리고 있어!"

"시끄럽다. 떠들지 마, 한심하기는."

유키노 선배와 호무라 선배 일행은 그렇게 또 으르렁대면서 『어즈워스 해저 유적군』 입구로 향했다.

자, 이쪽도 일단 해상 코티지로 돌아갈까.

"저기저기, 렌! 다음은 내가 그거 입고 싶어!"

"그래, 그럼 교대할까."

아키라에게 장비를 넘기자, 기쁜 듯이 착용하고는 주변을 끼릭끼릭 돌아다녔다.

으~음. 시끄러운 것치고는 이동 속도가 느려.

"아하하하! 이거 화려하기만 하고 스피드가 전혀 안 나오네!"

아키라가 입으니까 더더욱 초현실적일지도 모른다.

왜냐하면, 이런 모습인데도 귀여운 여자아이 목소리가 나오고 있으니까.

뭐, 이러쿵저러쿵하다가 도중에 시즈쿠 씨와도 체인지하는 등 놀면서 수상 코티지로 돌아갔다.

그리고 한숨 돌리자 아키라가 내게 물었다.

"그럼, 노리던 그대로 암서클 100퍼센트가 되었잖아? 지금부터 어떻게 할 거야?"

"아, 그거야 물론……."

"검증이겠지."

"검증이겠네."

"검증이지."

세 소녀들이 입을 모았다.

응응. 상호 이해도 깊어지고 있는 것 같아서 좋군요!

"뭐, 말씀하신 대로입니다! 점심을 먹고 나서 잠깐 검증해 보고 올게! 다들 자유롭게 지내줘."

"오케~이! 그럼 난 끄고 잠깐 외출하고 와야지."

"나는 여름방학 숙제를 해둘까. 타카시로나 유우나도 해 두는 게 좋아. 도중에 여름방학 숙제 중에서 문제, 같은 일이 생길지도 모르니까."

"그거 있을 법해서 무서운데!"

"뭐, 코토미가 있으면 그런 건 문제없잖아!"

"그건 몰라. 해답자를 지명할지도 모르니까."

"그렇지만, 우선 현실 숙제보다는 게임의 여름방학 숙제부터 해야지. 하데스 로즈 토벌 레이스는 질 수 없으니까."

"네. 도움이 필요하면 연락해줘요."

"그럼, 저도 하고 싶은 일이 있으니까 일단 해산하겠어요."

"그럼, 내일 만나는 거겠지? 같은 시간에 낌새를 보러 오겠어."

"네. 부탁드립니다. 시즈쿠 씨."

"아, 나는 검증에 따라갈게. 점심 먹고 나서 집합이지?"

"오오. 땡큐! 좋았어, 점심 먹고 오자!"

"응. 나도!"

그런고로, 일단 해산이다.

—한 시간 뒤.

나는 엄마가 차려준 밥을 먹고 나서 다시 로그인했다.

참고로 점심은 볶음밥. 평범하게 맛있었다.

그러고 보니 아키라는 이럴 때 점심으로 뭘 먹을까?

설마 나처럼 서민의 볶음밥 같은 걸 먹지는 않을 텐데 말이지.

집에 주방장이 있다고 하니까. 분명 맛있는 걸 먹고 있을 거다.

그래 봬도 유서 깊은 가문의 아가씨니까.

"영차! 음— 아키라는 아직 안 왔나."

수상 코티지에는 아무도 없고, 나를 발견한 류가 기뻐하면서 달려들었다.

"좋아, 류! 지금 이럴 때 『엘리멘탈 서클』을 좀 더 검증해 보자!"

"뀨~뀨~!"

나는 아키라가 올 때까지 데스 채리엇 장비를 입고 『엘리멘탈 서클』을 마구 영창했다.

역시 100퍼센트 암서클이 발동했다.

틀림없다. 이건 틀림없어. 갓 장비야!

『엘리멘탈 서클』을 100회 정도 쏘자 아키라가 수상 코티지로 돌아왔다.

"미안~, 늦어졌네. 기다렸지?"

"오. 그럼 가보자!"
"응. 그럼 어디로 갈까? 또 기본인 아일랜드 버니부터 시작해?"
"뭐, 꼭 거기여야 하는 건 아니지만— 거기도 상관없나."
일단 약한 녀석부터 강한 녀석까지, 여러 녀석과 붙어보면 뭔가 발견이 있을지도 모르니까.
게다가 아일랜드 버니는 마음의 고향이라고도 할 수 있고.
가끔은 시골로 돌아가야지.
최근에는 내가 얼굴을 비치지 않았으니까, 아일랜드 버니 사부님도 쓸쓸할 거다.
그런고로, 우리는 이세계 사마르에서 일반 구역으로 돌아와서 트리니스티 섬 제1층으로 향했다.
오늘도 여전히 아일랜드 버니 사부님들이 멍하니 뿅뿅 뛰고 계시는군요.
"이야~, 언제 와도 여기는 변함이 없네. 안심감조차 느껴진다니까. 마음의 고향이라는 느낌이야~."
나는 그렇게 말하면서 곧바로 아일랜드 버니에게 돌멩이를 던져 적대 행동을 취했다.
아일랜드 버니는 아일랜드 버니끼리 링크— 즉, 아군이 공격을 받으면 가세하기에, 내 앞에 우르르 모이게 되었다.
"그러게~. 그 고향에 돌아오자마자 갑자기 돌을 던지다니, 잘 생각해보면 터무니없는 실례네."

“실례라기보다는, 현실에서 하면 그냥 체포당할 레벨이겠지.”

나는 명랑하게 대답하면서 데스 채리엇 장비로 갈아입고 『엘리멘탈 서클』을 발동했다.

광범위로 발동해서 MP를 왕창 줄였다. 평소의 오의 사전 준비다.

“오의, 『주작일섬』!”

보에보에보에보에보에보에보에에!

내 오의에 말려든 아일랜드 버니 사부님들이 일제히 쓰러졌다.

오늘도 여전히 수고 많으십니다!

참고로 대미지는 1000을 조금 넘는 정도로 줄어들었다.

왜냐하면, 『파이널 스트라이크』를 쓰지 않았기 때문이다.

오늘은 최대 위력을 보러 온 게 아니니까 말이지.

그러니 일부러 무기 파괴를 할 필요도 없다.

주목할 점은, 오의 발동시의 추가 효과 로그다.

렌의 HP가 60 회복됐다.

렌의 HP가 60 회복됐다.

렌의 HP가 60 회복됐다.

렌의 HP가 60 회복됐다.

렌의 HP가 60 회복됐다.

렌의 HP가 60 회복됐다.

렌의 HP가 60 회복됐다.

응. 말려든 숫자만큼 HP가 회복되었군요.

뭐, 예상대로인가.

"『파이널 스트라이크』를 쓰지 않은 만큼 대미지는 줄었지만, 딱히 별난 점은 없네? 맞은 적의 숫자만큼 HP가 회복됐으니까."

"그러게. 뭐, 이게 기본이랄까, 디폴트 느낌이야."

"뭔가 시험해보고 싶은 게 있어?"

"응. 이러면 어떻게 될까……."

나는 시스템 윈도우를 불러서 탤런트 『스킬 체인』의 에디트 화면을 열었다.

여기서 스킬이나 아츠를 세 개까지 등록해서 하나의 오의로 만드는 거다.

지금 『주작일섬』을 위해 등록한 내용은—.

1: 『턴 오버』

2: 『폭염 태클』

3: 『발도술』

이렇다.

"이걸 이렇게—."

나는 『턴 오버』와 『폭염 태클』의 순서를 바꿨다.

1: 『폭염 태클』

2: 『턴 오버』

3: 『발도술』

이렇게 되었다.

"이제 됐어……!"

"어? 그게 의미가 있어?! 내 오의에서는 어느 쪽이든 똑같았는데."

"그건 아마, 관계가 있는 것과 없는 게 있다고 생각하거든."

"어째서 그렇게 생각해?"

"그건 말이지. 『주작일섬』을 만들었을 때 순서를 바꿨더니 대미지가 줄었거든. 아마 『턴 오버』로 HP와 MP가 바뀌어서 줄어들기 전에 『폭염 태클』이 들어가 버리면, 『폭염 태클』이 HP가 풀로 찼을 때 쓴 걸로 되어서 대미지가 감소하는 거라고 생각해."

원래 『폭염 태클』 자체에는 HP가 줄어들수록 대미지가 올라가는 성능이 없지만, 『발도술』이 가진 성능이 『스킬 체인』으로 오의화되어서 『폭염 태클』에도 영향을 주게 된 거겠지.

이 『스킬 체인』의 오의 합성 로직은 꽤 복잡기괴해서, 좀 더 검증해보고 싶다.

아무튼 이번에 주목할 점은—.

1: 『폭염 태클』

2: 『턴 오버』

3: 『발도술』

이렇게 바꿨을 때, 『폭염 태클』은 HP가 줄지 않고 쓸 수 있지 않을까 하는 것이다.

"좋았어, 한 번 더 써보자! 오의, 『주작일섬』!"

보에보에보에보에보에보에보에에!

그리고 다음에 나온 추가 효과 로그는 이랬다.

렌의 HP가 60 회복됐다.

렌의 HP가 60 회복됐다.

렌의 HP가 60 회복됐다.

렌의 HP가 60 회복됐다.

렌의 HP가 60 회복됐다.

렌의 HP 상한이 33 늘었다.

렌의 HP가 60 회복됐다.

렌의 HP 상한이 60 늘었다.

렌의 HP가 60 회복됐다.

렌의 HP 상한이 60 늘었다.

오! 역시 조금 현상이 다르잖아!

두 번째 『주작일섬』의 추가 효과 로그를 본 아키라가 목소리를 높였다.

"오~, 조금 다르네! HP 흡수만이 아니라 상한 상승도 나오고 있어!"

"풀 HP에서 넘쳤을 때는 상한이 올라가니까."

이게 최대 HP 두 배까지 부스트된다.

상한 상승의 효과 시간은 3분으로 짧고, 암서클의 추가 효과 한 방은 60 정도밖에 상한이 늘지 않지만.

내 최대 HP는 이미 2500을 넘었으니까, 40발 이상 추가 효과를 내지 않으면 상한인 두 배까지는 도달할 수 없다.

시간제한도 3분이라서, 상한까지 끌고 가기는 조금 어렵다.

훨씬 많은 적을 한 번에 끌어들이지 않는다면 말이지.

"응응. 그렇구나. 상한 상승 효과가 나온다는 건, 역시 『폭염 태클』 후에 『턴 오버』가 발동한 판정이 나온다는 뜻이지?"

"그렇지."

"근데 상한 상승이 처음부터 나오지 않았던 건?"

“『폭염 태클』로 HP가 소비되니까. 그 분량을 채우기 위해 그냥 HP 흡수가 된 거지.”

“아, 그러고 보니 그랬던가. 조금 아깝네.”

“뭐, 끌어들이는 적의 숫자가 많으면 무시할 수 있는 레벨이야. 그건 문제없다는 걸로 치자.”

“근데, 이게 뭔가 공략에 활용할 수 있는 거야?”

“응, 아마도. 이것만으로는 아직 완벽하지 않지만, 기본적인 방향성은 틀리지 않았다는 걸 알았다는 느낌인가—.”

“그럼, 여기서 하는 검증은 이제 끝이야? 다음은 어디로 검증하러 갈 건데?”

“아니, 검증하려고 해도, 뭘 해야 좋을지— 고민된단 말이지. 뭔가 하나 정도 더 필요해.”

“즉, 짐작 가는 게 없다는 거지!? 저기저기, 그럼 어딘가 절경 보러 가자. 절경!”

아키라의 눈이 반짝 빛났다. 처음부터 그게 목적이었나!

뭐, 평소에도 나는 검증 마니아고 아키라는 절경 마니아였으니까, 피차일반이니 어울려주고 싶지만—.

“아니……, 오늘은 안 가.”

“뭐어어어~?! 가자~! 나는 어울려줬는데!”

아키라가 뺨을 뽀로통하게 부풀렸다.

“하지만 빨리 공략법을 찾아내지 않으면 『레인보우 가드』 쟁탈 레이스에서 추월당할지도 모르니까…… 너무 놀고만 있을 수는 없잖아? 기다릴 수밖에 없다면 모를까, 뭔가 생각하지 않으면 안 되는 턴이니까 말이지."

이번에는 진짜로 이기고 싶으니까. 이기기 위한 최적의 행동을 해야 한다!

"아, 혹시 나를 위해서— 그렇게 생각했다거나?"

"당연하지. 나도 아키라가 퇴학하는 건 사양이니까. 함께 여기서 게임 하자고 권유했던 건 아키라잖아? 나를 놔두고 탈락하는 건 용납할 수 없어!"

"아하하. 그랬었지. 확실히 권유한 사람이 그렇게 되면 곤란한가."

"게다가— 말이지."

"응?"

"그게…… 에밀리 일로 조금 불쾌하게 만들었을지도 모르니까. —신뢰 회복을 위해서라도 여기서는 반드시 이겨서 『레인보우 가드』를 주고 싶다고 생각합니다!"

"에엑……?!"

아키라가 깜짝 놀라서 나를 바라봤다.

"어? 내가 뭔가 이상한 말 했어?"

반대로 물어보자 방긋 웃음이 돌아왔다.

"아냐. 조금 놀랐을 뿐이야. 근데 렌도 그렇게 마음을 써주는구나~. 꽤 기쁘네. 고마워? 그럼, 기왕 이렇게 됐으니 신뢰 회복을 해보기로 할까~? 뭔가 힌트를 찾으려면, 호무라 선배의 박물관으로 가보는 게 어때?"

"아, 그러게. 그곳에 있는 아이템 중에 뭔가 좋은 게 있다면—."

"어느 가게보다도 아이템 종류가 잔뜩 있으니까."

"그렇지. 이럴 때는 도움이 되네. 그 길드는 기본적으로 아이템충이 컬렉션을 과시하기 위해 있을 뿐인데 말이지."

"뭐, 호무라 선배네도 기본적으로 구린 직업을 써서 자이언트 킬링을 하고 싶을 뿐인 렌한테는 그런 말을 듣고 싶지 않지 않을까?"

"반론할 여지가 전혀 없네! 바로 그렇습니다!"

그러니 나는 아이템충 호무라 선배나 대인전충 유키노 선배의 고집도 이해한다.

게임에는 각자의 즐거움이 있는 게 당연한 거니까.

두 선배는 평범하게 리스펙트하고 있다.

카타오카의 여왕벌 취향과 오라버니의 노출벽은 이해할 수 없지만!

"근데, 어떤 아이템을 찾으러 갈 거야?"

"어디 보자. HP를 대폭 늘려줄 수 있는 아이템이겠지. 아무튼 오의의 위력을 조금 더 올릴 수 있는 게 좋아. 암서클 성능 업 같은 것도 좋고. 아무튼 화력이 아직 필요해."

"암속성 공격력을 올려주는 건 효과 있을까? 그런 건 있을 법한데."

"그렇지. 그건 입수하고 검증해보지 않으면 모르지만."

"호무라 선배한테 부탁해서 아이템을 빌려서 시험해본다든가?"

"부탁할 수 있으려나…… 아까 정보료를 잔뜩 뜯어낸 참인데 말이지."

"아~. 아까 그런 식으로 정보료를 뜯어낸 건 그런 생각을 했기 때문이구나. 이기기 위해서 쓸 수 있는 건 쓰려고……."

"뭐, 그렇지. 원래는 그냥 공짜로 가르쳐줄 수도 있었지만."

"그럼, 좋은 게 있으면 내가 부탁해볼게. 일단 가보자!"

나와 아키라는 호무라 선배의 아이템 박물관으로 향했다.

제 2 장 아가씨의 연애 토크

그날 밤 늦게— 나는 렌과의 검증 작업을 접고 일단 로그아웃했지만, 노조미에게 호출을 받아서 다시 로그인했다.

보통은 로그인할 수 없는 심야지만, 지금은 여름방학 기간이라 게임도 24시간 개방되어 있다.

그래도 역시 이상한 시간대라서 수상 코티지에는 아무도 없다.

우리 둘만의 비밀 이야기다.

"그래서……, 그대로 아이템 박물관을 조사하러 가서? 공략 방법에 관해서도, 연애 쪽도, 딱히 아무 일도 없었다는 거죠?"

"저, 저기…… 그, 그런 걸까요? 아하하하."

『어즈워스 해저 유적군』의 공략 레이스에서 벽이 되어 가로막는 보스, 하데스 로즈의 공략법에 관해서는 확실히 그 후 아이템 박물관을 돌아다녀 봤지만 이렇다 할 정보는 얻지 못했다.

정확하게는, 렌이 시험해보고 싶은 아이템을 발견하기는 했지만, 그 아이템의 장비 가능 레벨이 지금보다 훨씬 높거나 문장술사가 아닌 직업밖에 쓸 수 없는 등— 그런 경우뿐이었다.

지금부터 레벨을 대폭 올릴 시간은 없으니까, 고려할 후보로는 제외할 수밖에 없다.

그래서 조사는 성과 없이 끝나고 말았지만—.

"정말이지. 모처럼 단둘이 있게 해줬는데! 아무런 진척도 없다니 간과할 수가 없네요. 마음을 전하거나, 타카시로가 당신을 어떻게 생각하는지를 물어보거나, 뭔가 좀 하면 어떤가요!"

"그, 그래도 아무 일도 없었던 건 아니거든요? 렌이 제가 에밀리 관련으로 불쾌하지 않았나 배려해주기도 했고— 렌은 제가 생각했던 것보다 저를 마음에 두고 있었던 것 같아요. 그래서, 왠지 그게 조금 만족스러운 느낌도 들고…… 그냥 이대로 있어도 괜찮지 않을까 해서."

"곤란하네요……. 지금은 그래도 괜찮을지도 모르지만, 또 에밀리 씨 같은 분이 나타나면 당신은 태연하게 있을 수 있나요? 또 흑화해버리지 않을까요?"

"흑화…… 그런 말을 들을 정도는 아닌 것 같은데요—?"

"흑화였거든요. 어제는 계~속 이 세상의 종말이 온 듯한 표정을 짓고 있었다고요. 돌아와서 에밀리 씨가 이미 결혼했다는 게 판명되자마자 멀쩡해졌지만요."

"아하하……."

나는 여름방학에 접어들자마자 현실 쪽에 용건이 생겨서

파티나 세리머니 같은 곳에 출석해야만 했는데— 그때는 노조미도 함께였다.

우리 아오야기가와 노조미의 아카바네가는 서로 라이벌 관계랄까, 쫓고 쫓기는 관계인지라 한쪽이 얼굴을 내미는 곳에는 상대도 지지 않겠다고 얼굴을 내민다.

이 학원에 들어와서 노조미와 친해지기 전까지는 그녀도 나에게 공격적이었는지라 언제나 얼굴을 마주하는 게 싫었지만, 지금은 그렇지 않다.

평소에도 친구가 함께 있어 주는 느낌이라서, 조금 든든하다.

예전보다 사교계의 교제라는 게 거북하지 않게 된 것 같다.

단, 요전에 며칠 함께 있었을 때는, 확실히 폐를 끼쳤다고…… 생각한다.

"있잖아요, 아키라. 저는 당신과 타카시로가 즐거워하는 모습을 보는 게 좋아요. EF(이터널 판타지)에서 정체를 숨기고 지내던 때부터 그랬어요. 덕분에 저도 즐거운 시간을 보낼 수 있었으니까요."

이 학교에 들어와서 UW를 하기 전, 나와 렌은 EF라는 게임을 자주 했었다.

이건 입학 후에 알게 된 일이지만, 노조미는 EF에서 나와 렌의 공통 친구였던 스칼렛이라는 플레이어의 정체였다.

정말로 놀랐지만, 그게 있었기에 지금 친하게 지낼 수 있는 거다.

"UW에 들어왔어도 그건 변하지 않았고, 앞으로도 그래줬으면 좋겠어요. 하지만, 작은 일로 그게 무너질 수도 있다는 걸 잘 알았어요. 그러니까 간단히 흔들리지 않도록, 당신과 타카시로의 관계를 확실한 형태로 만들어야 해요. 즉—제대로 연인 사이가 되라고요."

"그, 그래도…… 우리 집 일도 있고, 우리 집은 노조미의 가문보다 딱딱하니까, 큰일이라고요. 잠깐 사귀는 게 아니라, 결혼을 전제로 한 무언가가 되어버릴 텐데……."

"어쩔 수 없잖아요. 따져보면 당신의 사고가 연애와 직결되어 있고, 타카시로를 독점하지 않으면 직성이 풀리지 않아서 그런 거니까요. 당신은 그런 상태가 아니면 게임을 즐길 수가 없어요. 즐거움을 대부분 타카시로에게 의존하고 있다고 생각하니까요."

"아우우…… 강하게 부정할 수 없네요. —저는 좀 더 담백한 사람이라고 생각했었는데요……."

이런 점은 막상 맞닥뜨릴 때가 아니라면 알 수 없는 법이다.

조금 침울해진 내 어깨에 노조미의 손이 탁 올라왔다.

"뭐, 걱정하지 않아도 당신과 타카시로를 보면 누구나 사귀고 있다고 느낄 거예요. 지금 그대로의 모습을, 서로가 정식으로 인정할 뿐이라고요. 어때요. 간단하죠?"

"그, 그런 말을 해도, 그게 어려운 거잖아요……! 저는 그래도 상관없지만, 렌은 아닐지도 모르고, 우리 집 문제도 있고……!"

"그렇게 꾸물대는 사이에 에밀리 씨가 나타나서 흑화할 뻔했다는 걸 잊지 말아요."

"그렇긴 하지마안……."

"다음에 다른 누군가가 나타났을 때, 그 사람이 또 기혼자라는 일은 있을 수 없거든요? 일어난 뒤에 후회해도 늦어요. 아시겠나요?"

"아, 알고 있어요. —하지만, 아까도 말했듯이 이것저것 있잖아요."

"후우. 답답하네요…… 당신은 이런 이야기가 되면 갑자기 평소의 모습을 잃어버린다니까요."

"어, 어쩔 수 없잖아요. 만약— 그런 생각이 들어서 무섭고…… 렌은 우리 집처럼 귀찮은 환경은 싫어할지도 모르고— 차라리 렌 쪽에서 사귀자고 말해준다면…… 기꺼이 받아들이려고 했었는데—."

"어머! 사귀고 싶은 건 당신인데, 그걸 남에게 맡기려고 하다니 무책임하네요! 당신이 말하지 않고 어쩌려는 건가요?!"

"그, 그래도…… 이런 건 보통 남자가 말하는 게 아닌가, 하는 생각이 안 드는 것도 아닌데 말이죠—?"

"시대착오적이네요. 요즘 세상은 남녀평등이라고요. 누군가가 꼭 말해야 한다거나 하는 일은 없어요."

"그, 그래도—."

"어머, 또 뭔가 있나요? 당신을 보고 있으면, 제대로 다가

시로에게 마음을 전하고 연인이 되는 것 말고는 방법이 없다고 생각하는데요? 어째서 그걸 못 하는 거죠?"

"마, 말이야 그렇지만, 그렇게 간단하지는 않거든요! 노조미도 반대 입장이니까 그렇게 말할 수 있는 거지, 막상 자기가 좋아하는 사람이 생기면 분명 그렇게 있을 수는 없을 거예요."

"즉, 저한테는 그런 경험이 없으니까 이렇게 단언할 수 있는 거고, 경험이 없는 사람의 말은 도움이 안 된다. —그렇게 말하려는 건가요?"

"아, 아뇨. 그렇게까지는 말하지 않지만……."

"그렇다면, 걱정할 것 없어요."

노조미는 자신만만하게 단언했다.

"네? 무슨 뜻인가요?"

"그러니까, 제가 뭘 모르니까 아무렇게나 말할 수 있다거나, 그렇지는 않거든요? 이래 봬도 확실하게 교제하는 남성분이 있다고요."

노조미는 잠자코 넘길 수 없는 말을 태연하게 해버렸다!

"에에에에에에엑?! 처음 듣는데요?!"

"네. 뭐, 처음 말했으니까요."

"그, 그럴 수가— 노조미는 그런 게 없다고 생각했는데……!"

"왜 멋대로 단정하는 거죠? 실례네요."

"그, 그야 노조미 씨. 굳이 따지자면 커뮤니케이션 능력에 문제가 있는 타입이니까. ―남친을 원하는 기색도 전혀 보이지 않아서…….”

이런 점에서는 내가 더 어른이라고 생각했는데―!

어느새 추월당하다니!

그보다, 이 정보가 알려지면 카타오카는 쇼크를 받지 않을까……?

아니, 과연 그럴까? 카타오카는 사고회로가 독특해 보이니까, 그렇게 신경 쓰지 않을지도 모른다.

제대로 여왕벌답게 있어 준다면 알맹이가 남자라도 열심히 공물을 바칠 수 있다는 영문 모를 소리를 했다고 렌이 그랬으니까―.

“당신과 타카시로를 보다 보니, 그런 존재가 있는 것도 괜찮을지도 모르겠다고 생각하게 됐거든요. 확실히 상대가 있으면 있는 대로, 매일 신선한 의욕이 솟아나는 기분이 들어요. 예전보다 하루하루가 즐거운 것 같아요.”

왠지 어른스러운 미소를 짓고 있다.

뭐지? 내가 모르는 경치를 알고 있다는 얼굴이다.

그러고 보니 최근, 노조미의 인상이 부드러워진 기분도 든다. 그건 연인이 생겼기 때문일지도 모른다.

“그, 그런가요. ―근데 카타오카는 조금 슬퍼하지 않을까요……?”

“어머, 전혀 문제없어요. 전혀 말이죠.”

"그, 그런가요……? 뭐, 상관없긴 하지만—."

"아무튼, 제가 하는 말을 솔직하게 들을 마음은 들었나요?"

"그, 그러게요. —이상한 소리를 해서 미안해요."

"상관없어요. 그러니까, 타카시로에게 마음을 전할 노력을 시작해 보자고요? 확실히 용기가 필요할지도 모르지만, 그러지 않으면 당신은 분명 후회할 테니까요. 다른 누군가에게 빼앗기기라도 하면, 쇼크를 받아서 일어나지 못할 거잖아요? 그러니까, 누구에게도 넘겨주지 않으려면 자신의 것으로 삼는 수밖에 없어요."

"그, 그렇죠. —노, 노력해볼까요……? 근데 어떻게 해야……?"

"갑자기 고백— 이게 어렵다면, 일단 현실에서 만나보면 어떤가요? 그러면 자연스레 마음이 고양될지도 모르죠. 현실에서는 한 번도 만나지 못했잖아요?"

확실히— 나도 그건 괜찮을지도 모른다는 생각이 들었다.

"생각해 보니, 확실히 현실에서는 아직 한 번도 만난 적이 없으니까…… 그거 괜찮네요."

나는 노조미에게 답했다.

전에 노조미의 도움을 받아서 현실의 렌을 만나보려고 한 적이 있는데, 그때는 잘 풀리지 않았다.

이번에야말로—! 무엇보다 나도 현실에서 렌을 만나고 싶으니까!

"전에는 집안 분들에게는 비밀로 하고 몰래 만나려고 했던 게 문제라고 생각해요. 이번에는 당당하게 자택에 초대하는 게 어떤가요? 길드 사람들과 함께 자택에서 공부한다든가, 그런 별것 아닌 이유를 붙이면 문제가 없지 않을까요?"

"어, 어떨까요. ―알겠어요. 말은 해봐야죠……."

우리 집에서는 나에게 그다지 자유를 주지 않지만, 아버지가 없을 때 할아버지에게 허가를 받으면 괜찮―으려나?

할아버지라면 은근히 말이 통할지도 모른다.

아버지만큼 내게 아가씨다운 아가씨로 있으라는 걸 요구하지 않는다고나 할까―.

그래도 어디까지나 주도권은 아버지에게 있다고 해서, 아버지의 방침에는 그다지 끼어들지도 않지만.

"네. 언젠가 지나갈 길이니까, 그렇게 하는 게 좋아요. 타카시로에게도 당신에 대해 조금 더 알리는 게 좋겠죠."

"지금까지 이런 적이 한 번도 없었으니까, 어떻게 될지…… 조금 불안하네요. 코토미나 유우나는 그렇다 치더라도, 남자까지 오게 된다면―."

"그쪽 집은 너무 딱딱해서 문제라니까요. 우리는 좀 더 자유롭거든요?"

"그쪽은 너무 자유롭다고 생각하는데요……."

노조미도 언동에 자유분방한 구석이 있긴 하지만, 무엇보다 오빠인 류타로 씨가― 자유분방하니 뭐니 하는 레벨을

지나쳐서 뭔가 좀 그러니까.

그러고도 현실에서는 멀쩡하게 지낼 수 있다는 걸 믿을 수가 없지만, 확실히 게임 밖의 류타로 씨는 이미 몇몇 회사 경영도 담당하고 있는 수완가여서 세간의 평판도 굉장히 좋다.

"뭐, 그럼 저를 불러도 괜찮아요."

"에에엑?! 그건—!"

우리 집과 노조미의 집은 옛날부터 라이벌 관계라 사이가 나쁘다.

내가 노조미와 친하게 지낸다는 걸 안다면, 아버지는 물론이고 할아버지도 좋은 표정은 보이지 않겠지.

노조미는 친구니까 집에 오더라도 나는 전혀 상관없지만—.

"아, 아무리 그래도 무리가 있어 보이는데— 우리 집이라면 절대 안 된다고 할 거예요."

"그래도 좋아요."

"무슨 뜻인가요……?"

"아카바네가의 딸이 온다고 하면 그쪽으로 관심이 쏠려서, 타카시로의 존재는 눈에 띄지 않게 되잖아요? 만약 안 된다고 하더라도, 제가 저택 문지방을 넘는 것에 비하면야 이성 동급생이 오는 건 별것 아니니까 이야기가 통하기 쉬워질 거예요. 뭐, 처음에는 진짜 목적보다 높은 요구를 내밀고, 나중에 허들을 낮춰서 통과되기 쉽게 만드는 교섭술이죠."

"아아, 과연, 거절당하는 걸 전제로— 그러게요. 그럼 집에는 그렇게 말해둘게요. 노조미의 이름도 내게 해주세요."

"네. 그렇게 해요. 그리고 타카시로를 만나서 마음이 고양되면, 자연스레 고백하고 싶어질지도 모르겠네요. 지금부터 이미지 트레이닝이라도 해두는 게 좋을 거예요."

"이미지 트레이닝인가요. —아! 그러고 보니 노조미는 어땠나요? 지금 남친과 사귀기 시작할 때 어땠나요?"

이건 굉장히 흥미가 있다!

역시 뭐랄까, 경험자의 이야기를 듣고 공부해둬야지.

내가 말한다고 해도, 어떤 국면에서 어떤 타이밍에 어떻게 말해야 할지 확실히 생각해놔야 한다.

"어머? 그런 것에 흥미가 있나요?"

"네! 가르쳐주세요, 선배!"

"뭐, 대단한 건 아니었는데— 단지, 저한테 뭔가 하고 싶은 말이 있는 게 아니냐고 그에게 물어본 정도에요."

"흠흠. 그랬더니 사귀어달라고 말한 건가요?"

"아뇨. 좀처럼 나오지 않아서, 마지막에는 그런 게 아니라 좋아한다든가 사귀고 싶다든가 말하는 게 어떠냐고 했죠. 그랬더니 나왔어요."

"하하하…… 그거 이미 대부분 자기가 말했잖아요—."

"네. 그러니까 스트레이트하게 자기가 말하는 게 간단하다고요. 특히 타카시로는 언제나 게임에 빠져 살고 있으니까,

이런 걸 자기가 말할 것 같지는 않거든요."

"으~음. 그건 그러네요……."

"뭐, 당신이 움직일 수밖에 없어요. 그럼 바로 집에 이야기라도 해두세요."

"아, 근데 잠깐만요. 지금은 모두 게임 공략하느라 바쁘니까, 그게 진정된 뒤에— 렌도 저를 위해 노력해주고 있으니까요. 저도 전력으로 협력해줘야죠!"

"그럼 당장 그쪽을 해결해야겠네요."

"그러게요—."

좋아. 나도 좀 더 힘내자! 그리고 현실 렌을 집에 부르는 거다!

제 3 장 나, 벤치!

그리고, 다음 날—.

나는 기상하자마자 바로 준비해서 곧장 로그인했다.

공략 레이스의 벽인『하데스 로즈』공략 방법의 목표는 아직 세우지 못했고, 그런 의미에서는 조바심을 내도 별수 없다.

마에다나 야노, 시즈쿠 씨에게도 오늘은 공략을 위한 집합은 없다고 메시지를 보내놨다.

그러나, 내가 할 일만큼은 잔뜩 있다!

이런 정체를 마개조로 돌파하는 것이야말로 쾌감!

하물며 이 공략 레이스는 전교생이 주목하는 무대!

에밀리 일행 같은 해외 분교 학생이나, 시즈쿠 씨 같은 완전 외부인까지 지켜보고 있다.

여기서 저지른다면, 반드시 눈에 띈다!

아키라를 위해서이기도 하니까, 할 수밖에 없어!

"좋아! 오늘은 어떻게 할까—!"

기합을 넣은 내가 수상 코티지에 나타나자, 류가 기쁜 듯 달라붙었다.

"뀨~! 렌~! 좋은 아침 좋은 아침~!"

"오~, 기나렀시! 작하게 살 시냈어?"

그리고 뒤이어서 아키라도 왔다.

"렌, 좋은 아침~! 오늘도 힘내자!"

오오, 아키라도 의욕 충분하네!

"오오, 왠지 어제보다 의욕으로 넘쳐나는데~."

"어? 그렇지 않거든! 나는 언제나 의욕이 넘쳐!"

흠흠! 그런 식으로 콧김을 거칠게 뿜고 있고, 눈도 반짝반짝 빛난다.

"자자, 오늘은 뭘 할래?! 빨리 공략법을 찾아야지!"

오~, 진짜로 의욕적이네.

어째서인지는 모르겠지만, 의욕이 있다는 건 좋은 일이다!

"그렇지만 떠오르는 게 별로 없단 말이지."

"HP를 부스트하면 되는 거잖아? 그 목적은 오의의 대미지 업이고."

"그렇지만, 지금 우리의 레벨로는 좋은 게 없단 말이야."

장비에는 장비 가능 레벨이라는 게 설정되어 있어서, 그걸 만족하지 않으면 장비할 수 없다.

HP 부스트가 좋은 장비는 존재하지만, 우리의 레벨대로는 그걸 장비할 수 없었다.

"그거지? 『생명의 드레스』였던가—."

"맞아."

소드 댄서 전용 장비지만, 소드 댄서가 쓰는 회복 댄스에는 『엘리멘탈 서클』의 암서클처럼 최대 HP가 초과되면 상한을 부스트해주는 효과가 있다고 한다.

게다가 겉모습도 『엔젤 참』에 밀리지 않을 만큼 에로하고 귀여워서 근사한데—.

그러나 이것, 장비 가능 레벨이 150을 넘는다.

지금 우리의 레벨은 80 전후. 단숨에 두 배 가까이 올리는 건 역시 시간이 걸린다.

장비할 수 있는 레벨이었다면, 입수하고 나서 어느 정도까지 최대 HP를 부스트해주는지 여러모로 검증해서 확인해 보고 싶었지만—.

히든카드로 레벨 200이 넘는 소드 댄서인 그분에게 검증을 부탁하는 것도 어쩔 수 없이 시야에 넣어야 할지도 모른다고 생각하기도 했지만, 유감스럽게도 이 『생명의 드레스』는 여성 전용 장비다. 오라버니도 장비할 수 없는 거다.

"아깝네. 겉보기도 성능도 최고인데 말이지. 우리의 레벨이 부족할 줄이야……."

"좀 더 높았다면……."

"그러게. 뭐, 레벨이 높았다면 그만큼 『하데스 로즈』도 강하게 나왔을 테니까, 다른 문제가 생길지도 모르긴 하지."

『어즈워스 해저 유적군』의 내부에 나오는 적은 이쪽의 레벨에 맞춰서 조정되어 나온다. 지금 우리의 레벨은 80대 전후라서 적의 강함도 그다지 느껴지지 않지만, 예를 들어 유키노 선배 일행처럼 레벨 200도 있는 파티라면 적도 그에 맞춰서 레벨이 조정되어 나온다.

누가 도전하더라도 비슷한 난이도가 되도록, 전원이 공략 레이스에 나설 수 있게 한 배려겠지. 전원이 하는 축제에 어울린다.

『하데스 로즈』가 문제인 건 다들 똑같아서 나오는 적의 종류는 변함이 없지만, 적도 레벨이 올라간 만큼 아직 보지 못한 새로운 기술을 쓰거나 할 가능성이 있다.

우리처럼 레벨 80으로 싸우는 것과 레벨 200으로 싸우는 것 중에서 어느 쪽이 편한지는 모른다. 그러나 유키노 선배 일행도 고전하는 모양이니까, 레벨 200인 그 녀석도 변함없이 흉악하겠지.

"뭐, 레벨이 올라가면 그걸 얻어야겠어! 입은 모습 보여달라고!"

"뭐~? 상관은 없지만, 계속 입지는 않을 거야. 얻게 되면 기본적으로 『레인보우 가드』로 살아갈 예정이니까! 그것도 입기 부끄러운 계열이고……."

"괜찮아 괜찮아. 아키라라면 분명 멋지게 입을 수 있고 잘 어울릴 거야!"

"후후. 언제나 그렇게 말해주는 건 기쁘네."

"그러고 보니 한동안 아키라의 소드 댄서 모습도 보지 못했네."

"그러게. 요즘은 싸울 때 유카타를 입으니까."

이세계 사마르 한정 장비지만, 유카타는 성능이 좋다.

비싼 유카타(♀)
종류: 갑옷　장비 가능 레벨: 1　방어력: 1
장비 가능 직업: ALL
특수 성능: MP MAX +50, MP 자동 회복(5MP/S)

이런 식이다.

나의『엘리멘탈 서클』은 서클 위에 있는 아군의 일반 공격에 속성에 맞춘 추가 대미지를 부여한다.

그러나 추가 효과의 발동 한 방 한 방당 그 사람의 MP를 잡아먹는 디메리트가 있다.

유카타를 장비하면 그게 상쇄되고, 순수하게 메리트만을 받을 수 있어서 전체적인 공격력 향상으로 이어진다.

그러니까 뭐, 유카타만 입는 것도 어쩔 수 없다.

시즈쿠 씨도 소드 댄서 장비에는 좋은 표정을 보이지 않으니까.

아카바네의 차림을 보고 말했었던가. 이르기를, 청소년에게는 어울리지 않는다.

뭐, 그래서 시즈쿠 씨 앞에서는 조심하는 게 좋겠다고 판단했다.

"아~. 혹시 소드 댄서 모습을 보고 싶다고 생각하고 있어?"

아키라가 나를 콕콕 찔렀다.

"바, 바보 같은 소리 하지 마. 나는 지금 진지하게 생각하고 있으니까, 장난칠 여유는—."

소드 댄서 장비 모습을 보고 싶다고 묻는다면 그야 보고 싶지만, 공략에 진지한 건지 의심받을 것 같아서 자중하고 있다.

"어라? 그걸로 기운이 난다면야, 나는 딱히 장난친다고 생각하지 않……."

"그럼 부탁합니다!"

아키라가 괜찮다고 한다면 당연히 봐야지! 해냈어!

"손바닥 뒤집기 빨라?! 굉장히 달려드네?!"

"역시 정기적으로 봐두긴 해야지. 좋은 거니까!"

"뭐, 그렇게 보고 싶다면— 시즈쿠 씨도 없으니까. 자, 여기♪"

아키라가 소드 댄서 장비로 갈아입었다.

오오~ 오랜만이네! 여름방학에 접어들고 나서 못 봤으니까!

유카타도 좋지만, 역시 이쪽이 좋단 말이지. 노출도가 다르다고 노출도가!

그러면서 귀여움도 유지하고 있어서 천박한 느낌도 나지 않으니까, 참 절묘하단 말이지.

이게 원인이 되어서 아키라가 친가에서 혼나고 자퇴하게 될지도 모른다고 생각하니 유감스럽다.

"응응. 역시 아키라는 이거라니까!"

"하하하…… 가까워 가까워. 정말 아무런 주저함도 없이 대놓고 본다니까. 내가 아니었다면 화냈을 거거든?"

"물론 알고 있고말고! 상대는 제대로 생각하고 있어!"

"그런가. —뭐, 상관없지만. 나도 게임 속 말고는 안 되거든? 바깥에서도 좀 더 자중하지 않으면 안 돼?"

"어? 게임 밖? 뭐, 거기서야 물론 이해하지. 뭐, 게임 속이니까 캐릭터 감상 모드라는 걸로 일단 봐줘."

"정말인가아…… 나 조금 걱정돼."

"그래도 현실에서 아키라가 이 차림새로 내 앞에 나타난 적은 없으니까. 그건 고려해줘도 되지 않을까?"

"아, 아하하…… 그, 그건 모르지—."

"그런가? 가뜩이나 일반인과는 사는 세계가 다르잖아?"

"사는 세계는 똑같아! 똑같은 지구고, 일본이니까!"

"오오, 뭔가 글로벌한 이야기인데?"

"그래그래. 그렇게 생각하면, 집이 어쩌니 하는 건 사소한 차이잖아! 렌은 크헤헤, 이 녀석을 내 것으로 삼으면 부잣집에 들어와서 평생 편하게 먹고 살겠구만, 정도로 생각해두면 돼!"

"아니아니, 그런 쓰레기 같은 생각은 안 하거든!"

"뭐, 농담은 접어두고— 그곳이 현실이든 게임 속이든, 가장 즐거운 순간을 함께 보내는 건 피차일반이잖아? 아니야?"

"아니. 맞아. 말씀하신 대로입니다."

"그럼, 우리가 사는 세계는 똑같잖아? 현실이 어쩌니 하는 건 상관없어. 신경 쓰지 마. 나는 나니까."

아키라는 뭔가 조금 진지한 표정으로 말했다.

나는 조금 놀라고 말았다.

"그, 그래—."

"그런고로, 이만 출발할까?"

"아, 잠깐만 기다려! 조금만 더! 저기, 빙글 돌아줄래?"

"음— 자. 이러면 돼?"

"오, 좋네 좋아! 그럼, 덤으로 『엔젤 참』 모습도 오랜만에 부탁합니다!"

"정말이지. 공략법 찾으러 가는 건 괜찮아?"

조금 어이없는 눈으로 보고 있다!

"간다고 가! 갈 거지만 뭐랄까, 출발 전에 에너지를 모으는 의식이지요!"

"그럼 뭐, 기운을 모으면서 들어줬으면 하는데, 오늘은 어디 갈 거야?"

"으~음. 고민되네. —지금은 단서가 없지만…… 그럼, 일단 『상급 전이석』을 조달하러 가볼까. 타개책을 찾았을 때 필요해질 테니까."

지금 가진 『상급 전이석』의 숫자는 하나밖에 없다.

B51F 이후부터는 세이브가 10층마다 갱신되니까, 오랫동안 던전에 있을 수 있는 『상급 전이석』을 투입하지 않으면

세이브 포인트까지 도달하기 힘들다.

일단 그것을 늘리는 건 헛수고가 되지 않는다.

"그러게. 할 수 있는 일을 할까?"

"그럼, 만끽했으니까 슬슬 가볼까! 『상급 전이석』을 얻을 수 있는 곳은 『어즈워스 해저 유적군』 안이거나— 아니면 잿날 게임 경품인가."

"던전은 둘이서 불리하잖아. —그럼 잿날 게임에서 얻을까?"

"그러게. 뭐, 난 아직 얻지 못한 게 있으니까. 마구 벌러 가자!"

"응. 오케이. 가자 가자!"

놀러 가는 게 아니야! 공략에 필요한 아이템을 얻으러 가는 거야!

그런고로 우리는 『상급 전이석』을 얻기 위해 잿날 게임 코너로 향했다.

◆◇◆

그렇게 우리는 잿날 코너로 찾아왔는데—.

저번에 왔던 밤 풍경도 좋았지만, 밝을 때는 밝은 대로 다른 인상을 받아서 나쁘지 않았다.

아직 이른 아침 시간이지만 활기도 있어서, 여기저기 있는 게임 포장마자는 상사신이—.

기다리는 녀석들은 짜증을 내거나 미묘하게 딱딱한 분위기를 여기저기서 내고 있어서—.

아니, 이건 뭐야?! 너무 붐비잖아!

이건 마치 아버지가 보여줬던 드○ 발매일 자료 영상 같다.

아니면 초인기 테마파크의 주요 어트랙션이라든가.

"우와. 뭐야 이게……!"

"굉장한 행렬이네!"

아침부터 이렇게 되어있을 줄이야. —이건 그건가. 그거네.

"이건 어떻게 된 걸까—."

"뭐, 그렇겠지. 공략이 『하데스 로즈』 때문에 막혀버렸으니까, 그사이에 『상급 전이석』을 모으겠다는 거겠지."

『어즈워스 해저 유적군』 안에서도 교환 아이템이 나오지만, 이쪽은 게임을 클리어하면 확실하게 받을 수 있으니까.

이쪽에 사람이 모이는 것도 이해는 간다.

"이해는 가지만…… 이래서는 게임을 못 하겠네. —줄을 서도 시간이 굉장히 오래 걸리겠어. 용케 다들 줄을 서 있네."

"저번 길드 대항 미션 때와 같은 분위기가 느껴져……."

"—무슨 뜻이야?"

"저기 봐. 저거."

내가 가리킨 포장마차는 요전에 야노와 했던 건 슈팅 코너였는데, 지금 막 하이 스코어를 내서 『상급 전이석』을 받은 플레이어가 있었다.

"오오. 『상급 전이석』을 받았어. 굉장하네!"

"그 후가 문제야—."

그 플레이어는, 『상급 전이석』을 받고는 다시 줄 최후미에 섰다.

"아! 또 줄 섰어! 확실히 같은 게임은 『상급 전이석』을 한 번밖에 못 받았지? 이제 못 받는데—."

"그래. 그런데 또 줄을 서는 건—."

"저 게임이 너무 좋아져서 빠졌다거나……."

"일부러 행렬을 늘려서, 다른 녀석이 하기 힘들게 하는 방해 공작이겠지."

"그렇지…… 확실히 렌의 말대로네. 길드 대항 미션 때도 렙업 사냥터를 폐쇄했었으니까."

"그쪽은 가차 없단 말이지. 확실히 쓸데없이 게임 행렬을 늘리게 되면 다른 길드 녀석이 얻을 기회가 줄어들긴 할 테니까."

다른 길드 녀석들은 쓸 수 있는 수단은 뭐든 쓴다니까.

인원을 할당할 수 있는 대규모 길드이기에 할 수 있는 단체 활동이겠지만—.

우리는 인원이 적으니까, 이런 대대적인 방해 공작은 물리적으로 불가능하다.

그래서 애초에 이런 걸 떠올리지도 않았다.

"근데 이러면 도저히 줄을 설 수 없겠어. 몇 시간이나 줄을 섰다가 실패하면 마음이 꺾인다고."

"그렇지……."

"뭐, 『상급 전이석』이 승부의 결정적 차이가 된다고는 생각하지 않지만."

B51F까지는 세이브 포인트 배치가 10층마다 있다.

노멀 『전이석』은 던전 체류 시간이 30분 지나면 강제 퇴장이지만, 30분이면 대략 5층 정도를 진행하기에 딱 맞는 시간이다.

얕은 계층에서는 5층마다 세이브 포인트가 있으니 괜찮지만—.

B51F 이후는 제한 시간 1시간인 『상급 전이석』이 필요해진다.

그러나 이건 진행에 필요한 시간을 확보하기 위함이지, 『하데스 로즈』 공략을 위한 시간이 충분히 마련되는 건 아니다.

예를 들어서, 『하데스 로즈』 본체는 방치하고 나오는 부하인 『블랙 로즈』만 계속 사냥하다가 중단된다든가, 그런 장기전을 시험하기에는 역시 시간이 부족한 거다.

여기가 시간제한이 없는 구역이었다면 틀림없이 장기전에 도전하는 녀석들도 나왔겠지. 그러나 유감스럽게도 『어즈워스 해저 유적군』은 타임 업이 붙어있다.

그것이 『하데스 로즈』 공략 난이도를 더욱 올리고 있다.

그런 가운데, 장기전을 하기 위해 필요한 시간을 주는 건―.

『초급 전이석』이다. 그거라면 제한 시간은 두 시간이나 된다.

진행에 꼬박 한 시간을 쓰더라도 한 시간 더 『하데스 로즈』와 놀 시간을 주는 거다.

"좀 더 시간이 필요하다는 거?"

"그래그래. 한 시간만으로는 이것저것 시험해볼 수가 없으니까."

"그렇다면 그거네. ―『초급 전이석』."

"그래. 그게 있다면, 시간적으로도 이것저것 시험해볼 여지가 생겨."

실은 우리, 그걸 가지고 있단 말이지.

요전에 시즈쿠 씨가 게임에서 얻었다.

현재는 그걸 쓸 생각이 들지 않지만―.

확신 없이 투입하고 싶지 않기도 하고, 애초에 나는 단기결전을 노리고 있어서 아직 온존해두고 있다.

우리는 장기전에 어울리지 않으니까.

그보다도 내가! 좀 더 말하자면 나의 지갑이!

한 시간이나 돈을 낭비하는 건 무리입니다. 죄송합니다!

그리고 그게 불가능하기에, 우리는 약하다.

구성이 로망포 전제가 되어있으니까.

『블랙 로즈』를 계속 사냥하려고 해도, 힘들다.

에빌리의 중기사처럼 적의 타깃을 확 가져올 수가 없으니까.

잡졸과의 연전은 전혀 어울리지 않는 파티 구성이다.

"우리가 쓰는— 것도 뭔가 확 와닿지 않네. 장기전은 어울리지 않으니까."

"그렇지. 낭비가 될 것 같아서 무서워. 뭐, 시즈쿠 씨가 다른 길드 녀석에게 『초급 전이석』을 넘겨주지 않아서 다행이야. 흥미 없어 보였으니까."

"그러게. 근데 이거 『상급 전이석』 코너에서 이러면, 『초급 전이석』을 받을 수 있는 로봇 격겜 쪽은 굉장하지 않을까—."

"그렇겠지. 인의 없는 쟁탈전이 벌어질 것 같아……."

"보러 가볼까?"

"그래, 가보자."

그런고로, 로봇 격겜 코너로!

"역시 이렇게 되고 있네~."

"아하하하……."

역시 터무니없는 인파다.

오늘도 나카다 선생님이 인솔하고 있는데, 선생님도 인솔하는 보람이 있어 보인다.

"자, 다음 도전자는 누구일까~?! 오랜만에 5인까지 돌파한 아이가 나왔다~!"

""""저요저요저요저요저요!""""

손을 든 녀석이 터무니없이 많았다.

이거 도전자를 정하는 것만으로도 고생하겠어.

"자자~. 그럼 참가 희망자는 이리로 모여~!"

선생님이 있는 곳으로 인파가 우르르 쏠렸다.

"이래서는 대전도 좀처럼 진행되지 않겠네."

"그러게. 사람이 너무 많아."

그러나 각 길드의 꿍꿍이는 그리 나쁘지 않다.

타임 로스를 늘려서 적에게 『초급 전이석』이 넘어가는 걸 방지하는 것으로 이어지니까.

이곳의 대전 상황은 길드 본대에도 전해져서, 연승할 것 같은 녀석이 나오면 진짜로 이 게임에 강한 녀석을 부르기도 할 거다.

결과적으로 레벨 높은 쟁탈전이 벌어지고, 아무도 『초급 전이석』을 입수하지 못한 채 끝난다는 전법이다.

"뭐……, 다른 사람들이 서로 발목을 잡아끌면서 정체되고 있다면, 우리는 편하지."

우리는 장기전 방향으로 생각하지 않지만, 어쩌면 『하데스 로즈』는 장기전이 유효할지도 모른다.

그걸 시험해보고 싶어서 도전하려는 녀석들이 여기서 발이 묶여있다면 바라던 바다.

결국 아무도 『초급 전이석』을 얻지 못하고 시간만 흐르는— 그렇게 흘러가게 되니까.

"이럴 때 우리가 타개책을 찾으면 이길 수 있어—."

"그럼, 여기 있어도 별수 없을지도 모르겠네. 여기는 이대로 두는 게 나을지도."

"그러게. 다른 곳으로 갈까."

아무것도 얻지 못했지만, 지금 상황을 알게 된 건 다행이다.

그런 의미에서는 헛수고였지만 헛수고가 아니었다.

뭐, 다소의 시간 유예는 있어 보인다.

그러나 유키노 선배 일행이 이미 『초급 전이석』을 얻었을 수도 있고, 돌아간 에밀리의 프로게이머 팀이 이미 공략법을 찾았을 수도 있으니까, 그쪽은 마음에 걸리지만―.

아무튼, 우리는 우리끼리 뭔가 찾아내야겠지.

우리가 그 자리를 떠나려고 할 때, 무대 위에서 누군가 말을 걸었다.

"앗, 렌! 아키라! 이봐~! 이쪽 이쪽!"

"응……?"

"아, 에밀리다!"

아키라의 말대로, 무대 위에서 에밀리가 우리에게 손을 흔들고 있었다.

아까는 모습이 보이지 않았지만, 혼잡하기도 했으니까 알기 좀 어려웠다.

무대에서 일단 내려와서 대전 상대가 정해지기를 기다리고 있는 건가.

"에밀리! 지금 연승하던 게 에밀리였어?!"

"응, 맞아. 하지만 보는 대로 사람이 너무 많아서 대전 상

대가 정해지는 것도 시간이 걸리니까, 이래서는 언제 열 명까지 이길 수 있을지— 진저리가 나네."

에밀리는 후우, 하고 한숨을 내쉬었다.

"역시 에밀리네도 『초급 전이석』이 필요하다고 판단했어?"

"솔직히 의견은 나뉘고 있을지도? 그 후에 한 번 일행들하고 공략에 나섰는데, 역시 져버렸거든. 공략 재검토 중이야. 그래도 뭐, 여러 방법을 고민하고 있으니까 있어서 곤란할 일은 없고, 일단 얻어볼까 하는 식이야. 다른 사람들은 다른 사람들대로 각자 아이템을 모으거나, 준비하고 있어."

"과연— 스테이터스로 따지면 우리와 똑같나."

"아직 어디도 공략하지 못했다는 걸까……."

"응. 그럴 거야. 클리어한 사람이 나오면 바로 화제가 될 테니까. 렌 쪽은 어때? 확실히 『초급 전이석』은 가지고 있지? 썼다가 실패했다거나?"

"아냐, 아직 가지고 있어. 우리는 장기전으로 그 녀석의 부하가 다 떨어지기를 기다리는 것하고는 맞지 않으니까. 뭐, 다른 방법으로 어떻게든 하는 걸로."

"후후후. 그야 그렇지. 애초에 렌이 그런 일격필살 로망 사양이니까, 장기전에는 전혀 어울리지 않잖아? 만약 그러면 렌을 제외하고 다른 사람을 넣는 구성으로 임하는 게 나을 정도야. 어디까지나 단기 결전으로 할 방법을 찾는 거지?"

"그래그래. 그러지 않을 수 없으니까."

“하지만 그게 나을 거야. 매혹적인 플레이도 중요하거든! 잘 풀리면 틀림없이 눈에 띌 거야. 열심히 해! 모두 함께 신나게 즐기자!”

“그래! 에밀리도 힘내. 그럼 우리는 갈 곳이 있으니까, 또 보자.”

“응. 아키라도 힘내. 렌을 잘 부탁할게!”

“응. 그럼 또 봐.”

우리는 에밀리와 헤어져서 이 자리를 떠나기로 했다.

아키라도 따라왔는데, 의아해하고 있었다.

“저기, 렌. 에밀리가 하고 있다면 조금 더 봐도 괜찮지 않았을까? 돌아가도 돼?”

“응? 아, 전혀 상관없어. 할 일을 찾았으니까.”

“어?! 그래? 어느새—.”

“에밀리와 이야기하다가 떠올랐어. 일단 수상 코티지로 돌아가서 모두를 모으자. 『초급 전이석』도 투입하겠어……!”

그래. 드디어 쓸 때가 온 거다. 아마도!

◆◇◆

수상 코티지로 돌아오고 나서 약 한 시간 뒤—.

우리의 호출에 응한 모두가 모였다.

잠깐 외출하거나 그러시는 않았던 모양이다. 다행이네 디행이야.

집합한 건 나와 아키라에 더해서 마에다, 야노, 아카바네, 시즈쿠 씨, 카타오카.

합계 7인입니다.

"그래서, 나까지 부르다니 어떻게 된 거야? 타카시로. 뭔가 정보라도 필요해?"

카타오카가 묻자, 다들 고개를 끄덕였다.

오늘은 중지라고 했는데도 바로 소집한 거니까, 뭔가 있다고 생각한 거겠지.

"—아니, 그게 아니야. 슬슬 시즈쿠 씨가 받은 『초급 전이석』을 쓰려고 하거든. 갑자기 생각난 게 있어서 급하게 모은 거야."

"호오. 그때의 그게 도움이 되는 건가. —그럼 좋은 일이지."

시즈쿠 씨가 끄덕였다.

"네. 굉장히 큰 도움이 될 거예요! 그리고, 갑자기 호출해서 죄송합니다."

"아니, 상관없어. 언제든 이렇게 응할 수 있는 건 아니지만, 오늘은 시간이 비어있었으니 말이지."

"감사~!"

"그럼 나는 뭘 해야 해? 뭔가 가져올까? 정보 수집이라든가?"

카타오카가 말했다.

"무슨 소리야. 『초급 전이석』을 쓴다고 말했잖아? 그럼 던전 공략인 게 당연하지. 『초급 전이석』을 쓰면 시간은 잔뜩 있으니까, 『하데스 로즈』 본체를 공략하지 않고 그 녀석이 부르는 『블랙 로즈』가 다 떨어질 때까지 계속 사냥하는 작전이야. 만약 다 떨어진다면 그대로 쓰러뜨리면 돼."

장기전식 어프로치에서 가장 먼저 시험하고 싶은 게 이거다.

잡몹을 뿌리는 양이 범상치 않던 걸 생각하면, 고갈이 나는 샛길이 준비되어 있어도 이상하지 않다.

문제는 그걸 시험하기 위해서 필요한 『초급 전이석』이, 전혀 나돌지 않고 있다는 사실이다.

어쩌면 우리밖에 가지고 있지 않을 가능성도 있다.

현재 판명된 유일한 입수 루트는, 아까 본 대로 각 길드의 방해 공작 같은 것들이 뒤섞여서 뭉개진 상태에 가깝다.

어쩌면 에밀리가 그대로 계속 연승할지도 모르지만—.

그렇다고 해도 시간은 꽤 걸릴 거다.

그럼 지금 이럴 때 해야지.

만약 『하데스 로즈』가 장기전에 약하다면, 우리가 다른 파티보다 앞서갈 수 있다.

거기에 로망포가 있을 의미는 없어지지만, 기본적으로 이번에는 나도 진지하다.

이기러 가야 한다. 절대로 질 수 없는 싸움이 여기에 있다!

그렇다면, 평소에는 하지 않는 보내기 번트 작전 같은 것도 해야겠지!

“『초급 전이석』을 넣고 승부에 나선다면, 확실히 그걸 시험해보는 게 좋은 것 같아.”

“응. 나도 찬성. 『초급 전이석』의 숫자가 너무 적어서 어디도 시험해보지 못하고 있지만, 이겨야 한다면 써야겠지.”

야노와 마에다도 수긍했다.

“그렇겠죠. 괜찮지 않을까요? 그걸 위해 『초급 전이석』이라는 아이템이 존재하는 걸지도 모르니까요.”

“알았어, 렌. 렌치고는 너무 제대로 된 작전인 것 같지만, 지금은 달리 수단이 없는 거지?”

“그래. 그렇다고 생각해.”

“근데, 그건 알겠지만 나는 뭘 해야 하는데?”

“그러니까 뻔한 거 아냐? 『초급 전이석』을 쓸 테니까 보스전 도와줘.”

“어? 나도 거기에 들어간다고? 그럼 무슨 파티로 갈 건데?”

카타오카가 고개를 갸웃했다.

다들 비슷한 리액션이다. 확실히 지금 여기에는 일곱 명이 있다.

파티는 6인까지니까, 한 명이 빠져야 하는 거다.

그걸 알고 있으면서 어째서 일곱 명을 모은 걸까—.

그런 식으로, 석연치 않은 기색이다.

“자, 그럼 공략 멤버를 발표합니다! 먼저 지금 말했듯이 카타오카! 그리고 시즈쿠 씨, 마에다, 야노, 아카바네, 아키라! 이상입니다! 다들 힘내!"

짝짝짝짝!

나는 활기차게 박수를 보냈다!

"""""에에에에에에에엑~~?!"""""

모두가 일제히 놀라서 소리를 내질렀다.

"그래서 나까지 부른 거냐!"

"타카시로 없이 가라는 거야? 확실히 뭐, 그 던전 안에서는 보기만 하는 짐짝이 되는 일도 꽤 있었지만……."

"하지만 무슨 일이 생기면 작전을 생각해주던 것도 타카시로였으니까, 없으면—."

"응. 코토미의 말대로, 조금 불안해."

"괜찮아. 하는 일은 명확하고, 게다가 아키라가 있으니까."

내가 없다면 아키라가 모두를 어엿하게 이끌어줄 거다.

그건 보장할 수 있다. 마이 베스트 프렌드는 하면 되는 아이니까!

평소에는 내가 하는 일을 재미있게 보고 있어서 내게 맞춰주고 있을 뿐이다.

"이번에는 무조건 이기고 싶으니까. —마개조도 각성도 자이언트 킬링도 없지만, 작전 내용을 생각해보면 내가 들어가지 않는 게 좋지 않을까 싶었어. 작전 내용에 맞춰서 무난한 인신을 고르니까 이렇게 됐네."

일격필살의 단기 결전에 임하는 게 아니라, 장기전으로 『하데스 로즈』의 잡몹 소환 고갈을 기다린다면, 나는 그다지 전력이 되지 못한다.

기본 오의는 한 전투당 한 번이고, 무기 파괴 후 재합성으로 그 판정을 돌파할 수는 있지만, 잡몹만 마구 사냥하는 싸움에서 한 방마다 무기 파괴를 한다면 잡졸이 고갈되기 전에 내 호주머니가 고갈되어 버린다.

레벨이 올라갈수록 매번 파괴되는 『지팡이칼』의 금액도 비싸져서, 자금 모으기가 매우 힘들단 말이지.

이번에는 내가 벤치로 들어간다. —그게 좋다고 생각한다.

이럴 때는 어쩔 수 없지!

"레, 렌……! 렌이 이상한 소리를 하는 건 언제나 그렇지만, 이번에는 방향성이 다르잖아! 정말로 그래도 돼?"

아키라가 조금 씁쓸한 표정을 보였다.

"예스. 에밀리가 말했잖아? 장기전을 노린다면 나를 제외한다고. 사실 그 말이 옳다고 생각해서 말이야. 지금까지는 나도 가는 방향 말고는 생각하지 않았지만, 승리에 고집한다면 그런 전제도 풀어야 하지 않나 싶어서! 뭐, 다른 방법이 떠오르지 않으니까 어쩔 수 없지."

"그래도— 그게 즐거워? 재미없다고 생각하면서 게임을 하는 건 대전제에서 벗어난달까…… 뭐랄까, 렌답지 않은 것 같은데?"

“뭐, 그렇지. 하지만 이번에는 어쩔 수 없잖아. 게다가 내가 가지 않는다고 해도, 작전이 성공한다면 내 작전 덕분이라는 걸로 으스댈 수 있으니까, 그건 참을 수 있어!”

“그래도…… 나를 위해서 그런 생각을 하고 있다면, 렌이 그런 마음까지 먹으면서 이렇게 하는 건…….”

“그렇게 심각하게 받아들이지 마. 한 번뿐이잖아. 어차피 『초급 전이석』은 하나밖에 없잖아. 뭐, 여기서 『레인보우 가드』를 얻지 못하고 나중에 아키라가 집안사람들에게 혼나서 퇴학을 당하는 건 사양이니까. 즐겁게 게임을 할 수 있는 환경을 지키기 위해서는 어쩔 수 없는 거지.”

“렌— 나랑 함께 있으면 즐거워?”

“당연하잖아. 뭘 새삼스럽게!”

“그렇구나. —응. 알았어. 그럼 열심히 하고 올게! 확실히 친구 보정을 빼고 냉정하게 생각하면, 잡몹만 마구 잡는 장기전에서는 그쪽이 더 좋을 테니까!”

“훗…… 아키라가 새삼스레 그러니까 조금 상처받네! 젠장, 다시 보게 해주겠어!”

“아하하하! 정말 기운차네. 그럼 걱정할 건 없으려나? 바로 갔다 올 테니까, 잠깐만 기다려.”

“그래. 갔다 와!”

나는 수상 코티지에서 모두의 귀환을 기다리겠어. 뭔가 할 수 있는 섬뜽이라도 하면서 말이지.

“냉정한 판단이라고 생각해요, 타카시로. 반드시 우리가 『하데스 로즈』를 쓰러뜨리고 오겠어요. 아키라는 저한테 맡기세요. 당신의 희생을 헛수고로 만들지는 않을게요.”

아카바네가 뭔가 기쁜 듯이 내게 말했다.

“아니……, 죽은 것처럼 말하지 말아 줄래요?!”

“하지만, 공략하고 싶어 하던 당신이 스스로 빠지다니, 조금 대담한 판단이잖아요? 그 결단을 존중할게요.”

뭐야뭐야. 정말로 기분이 좋아 보이네?

하지만 뭐, 이 아이는 딱히 그렇게 성격이 나쁜 건 아니니까, 내가 곤란하다고 해서 기뻐할 일은 없겠지.

그건가? 나를 빼놓고 아키라와 꺄아꺄아 후후후 할 수 있는 게 기쁜 건가?

사실 아카바네는 굳이 따지자면 아키라와 친구가 되고 싶어서 스스로 접근해온 거니까.

최근에는 데레 시기에 돌입한 모양이라 츤츤거리는 기색도 전혀 보이지 않고, 평범하게 아키라와 어울리는 모습이다. 뭐, 좋은 경향이다.

게다가 아카바네는 오라버니가 오라버니다 보니, 그녀 자신이 뭔가 이상한 일을 저지르더라도 오라버니에 비하면 귀여우니까 뭐든 넘어가게 된단 말이지.

뭘 하든 관대한 시선으로 보게 된다고나 할까—.

“뭔가 기뻐 보이네, 아카바네. 나 빼고 아키라와 놀 수 있는 게 그렇게 좋아?"
나로서는 뭐랄까, 츤데레 같은 리액션을 기대하고 있었다.
아, 아니거든요! 저는 진지하게 말하는 거라고요! 이렇게 말해줄 것 같았다.
그러나, 아카바네는 왠지 어이없다는 눈으로 나를 바라봤다.
"네? 무슨 소리인가요? 사람과 사람의 관계는 변해가는 법. 우리는 언제까지고 처음 시절의 우리가 아니라고요. 하지만, 당신은 변함이 없네요?"
"오, 오오―? 뭔가 잘 모르겠지만 철학적이네?"
무슨 말을 하고 싶은 건지 잘 모르겠다.
"후우― 뭐, 상관없어요. 지금은 당신의 마음을 보기도 했으니까요? 협력은 아끼지 않겠어요. 당신들에게는 신세도 졌으니까요. 뭣하면 오라버니의 힘도 빌리기로 하죠."
"고마워. ―하지만 가능하면 부탁하고 싶지 않네."
그야 오라버니니까. 얽히면 힘들다고.
데스 채리엇에게서 장비를 받게 된 것에 관해서는 오라버니가 없었다면 조건을 떠올리지 못했을 테니까, 틀림없이 파인 플레이였고 감사도 해야 한다는 건 알지만―.
그러나 그렇게 장비를 얻었음에도 나는 이번에는 벤치워머란 말이지.
아무튼 작전과 나의 상성이 너무 안 좋으니까.
카타오카는 나보다 최대 화력은 떨어지지만, 그럭저럭 괜찮은 위력을 돈 쓸 필요 없이 날려댈 수 있으니까. 나처럼 화력을 내기 위해 이것저것 복잡한 전제 조건이 필요한 일도 딱히 없다.

보스가 내보내는 잡몹을 사냥할 뿐인 싸움이라면 분명 나보다 어울릴 거다.

내가 그 역할을 맡게 된다면 도중에 HP가 다 떨어져서 아무것도 못 하고 멀뚱히 서 있게 된다. 아, MP란 머니 파워를 말합니다만!

약간 희망이 보였던 만큼 더 악질적이란 말이지. 사고가 그쪽으로 쏠리고 말았다.

처음부터 아무런 희망도 보이지 않았다면, 좀 더 빨리 이쪽 작전으로 갔을 거다.

하지만 뭐, 아직 늦지는 않았다.

다른 파티의 획득 보고 이야기는 듣지 못했으니까, 『초급 전이석』의 양산될 일은 없다.

지금이라면 다른 팀보다 앞서 나갈 수 있을— 거다!

"아무튼 다들 힘내! 응원할 테니까!"

나는 그렇게 모두에게 성원을 보내면서 『어즈워즈 해저 유적군』으로 보냈다.

◆◇◆

그 후―.

그런고로 나는 공략을 모두에게 맡기고 수상 코티지에 남았고―.

바다를 바라보며 혼자 그곳에 있었다.

"하아……."

"뀨~, 렌~ 힘내~ 힘내~."

걱정됐는지 류가 내게 달라붙었다.

으~음. 정말이지 주인을 생각해주는 좋은 수호룡이라니까!

나는 류를 안고 쓰다듬었다.

"오~. 고마워, 류. 힘낼 테니까."

그렇게 말하면서도, 내 입에서는 한숨이 나왔다.

그야 뭐든지 잘 풀릴 수는 없는 법이지만, 이럴 때에 내가 직접 나를 벤치로 보낼 수밖에 없게 될 줄이야.

그야 뭐, 이번에는 아키라를 위해 어쩔 수 없었고, 내 판단은 올바르다고 생각하지만, 역시 조금은 복잡한 기분이다!

내 손으로 멋지게 『하데스 로즈』를 쓰러뜨려서 『레인보우 가드』를 얻고 싶었는데 말이지―.

여왕벌에게 공물을 바치는 일벌은 아니지만, 역시 좋은 모습을 보여주고 싶기는 했다.

그렇지만 이대로 하아~, 하아~, 한숨만 내쉴 수는 없다.

도움을 부탁하고 공략에 보냈으니까, 나는 나대로 뭔가를 해야지.

"근데……, 뭘 해야 할까—."

한 번 더 호무라 선배의 아이템 박물관에서 정보 수집?

아니면 게임 포장마차로 돌아가서 행렬에 서야 하나?

에밀리가 아직 연승하고 있다면, 대전 상대 제비뽑기에 나서는 것도 괜찮을지도 모른다.

아니면, 다시 아일랜드 버니 사부님을 상대로 검증해볼까?

뭐, 딱히 아일랜드 버니 사부님에게 얽매일 필요는 없지만, 뭔가 앞으로 도움이 될 법한 검증 작업을 해두는 거다.

이번에는 『초급 전이석』을 투입해서 『하데스 로즈』를 어떻게든 한다 해도, 그 앞에 또 뭐가 있을지는 모르니까.

근데 아무래도 나와 『어즈워스 해저 유적군』은 상성이 안 좋아 보이는데 말이지—.

각각의 층마다 나오는 과제를 클리어하며 나아가는데, 기본적으로 재빨리 대량의 적을 쓰러뜨려야 하는 과제가 많다. 알기 쉬운 게 적을 전멸시키라든가, 언데드를 몇 마리 쓰러뜨리라든가 등등이다.

새삼스러운 일이지만, 나는 그런 시추에이션에 어울리지 않는다.

최대의 특징인 일격필살의 오의가 잡몹 연전에서는 그저 오버킬이 되어버린다. 한 방 쓸 때마다 싸지 않은 돈을 내던

질 수밖에 없는데 쓸데없이 오의를 연발해버리면 순식간에 MP, 머니 파워가 바닥을 드러낸다.

게다가 오의 한 방 한 방 사이에는 무기를 재합성하는 수고와 재합성 조건인 무기 파괴를 위한 『파이널 스트라이크』의 재사용 대기시간(리캐스트)을 기다려야만 한다.

『파이널 스트라이크』의 재사용시간은 소드 댄서에게서 『검의 춤』을 받아야 제로가 되지만, 그러려면 소드 댄서의 AP를 써야 한다.

잡몹 연전이라면, 그냥 소드 댄서가 평범하게 공격을 위한 아츠를 쓰는 게 빠를 거다. 무조건.

오버킬이 된다고 오의를 쓰지 않으면 더더욱 퍼포먼스 차이가 드러난다.

최근 익힌 새로운 마법 『엘리멘탈 서클』은 일반 공격에 속성 대미지를 추가해서 대미지를 늘리는 효과를 가졌다.

그러나 한 방마다 내가 아니라 효과를 받는 사람의 MP를 잡아먹는다.

암속성 서클이라면 HP 흡수&상한을 넘는 만큼 최대 HP가 늘어나는 효과가 있다.

광속성 서클이라면 MP다.

한 방마다 MP를 강제 소비하니까 자칫하면 방해가 되어버리지만, 광서클이 나온 경우나 MP 회복 수단이 충분히 있을 경우라면 지원 효과를 인정받을 수 있다.

지금은 암서클 이외의 속성을 고정할 수단이 없지만, 이 세계 사마르라면 장비에 유카타가 있어서 지원은 할 수 있는데—.

그렇지만 이것만이라면 카타오카의 도적(로그)이 평범하게 퍽퍽 공격할 수 있고, 아츠의 위력도 꽤 나오니까 어태커를 넣는 게 공략이 더 순조롭단 말이지.

평범하게 진행할 때는 전혀 도움이 되지 않는 짐짝이, 내버려 두면 조금 좋은 일이 생기는 짐짝으로 바뀐 정도다.

역시 딱딱하고 HP가 높은 적이나 보스 계열에 일격필살을 먹이는 게 로망포 사양 문장술사의 존재 의의다. 그러나 『하데스 로즈』에는 그게 통하지 않는 감이 있다.

만약 『초급 전이석』을 사용한 장기전으로 쓰러뜨릴 수 있도록 설계됐다고 치고, 이 앞의 보스도 그런 계열이라면—.

큰일인데. 나 쓸모없는 아이잖아!

뭐, 그래도 평범하게 마이 페이스로 공략한다면 문제없겠지만, 경쟁 상대가 있는 데다 절대로 질 수 없는 싸움이라면 효율을 추구해서 나를 제외하지 않을 수 없다—.

“그렇다면 역시 나 자신을 어떻게 할 방법을 찾아야 하는데…….”

계속 벤치에 앉아있는 건 싫으니까!

아무튼 나가볼까. 『하데스 로즈』는 분명 아키라 일행이 어떻게든 해줄 거다.

"좋아! 그럼 가볼까! 나가자, 류!"

"뀨~! 렌 기운 차렸어~!"

"그래! 언제까지고 우울해질 수는 없잖아! 뭔가 찾으러 가자!"

그렇게 내가 수상 코티지 출구로 향하자—.

"꼬꼬~! 렌~! 렌은 있는 거냐 꼬꼬~?!"

오—? 코코루인가?

코코루는 핏기가 가신 것이 뭔가 초조해하는 것 같았다.

나는 무슨 일인가 물었다.

"나라면 여기 있어. 무슨 일이야? 코코루."

"오~! 렌! 있었던 거냐 꼬꼬!"

"뀨~! 치킨 치킨~!"

류가 기쁜 듯이 코코루에게 뛰어들어서 머리를 깨물기 시작했다.

정말 류는 코코루를 깨무는 걸 좋아하네.

"으갸악?! 언제나 이거다 꼬꼬! 포식하지 말라고 말했다 꼬꼬~!"

……언제나 이걸 끼워 넣지 않으면 이야기가 진행이 안 된단 말이지. 약속 같은 건가.

"으~음. 그래서, 뭔데? 나한테 무슨 용건이라도?"

"마, 맞다 꼬꼬! 힘을 빌려줬으면 한다 꼬꼬!"

"응? 좋아. 무슨 일인데?"

"우, 우리 친가가 큰일이다 꼬꼬! 아무래도 마물의 소굴이 되어버린 것 같다 꼬꼬!"

"뭐어?! 왜 그렇게 된 건데?!"

"나를 위해서다 꼬꼬……!"

"응? 무슨 소리야?"

"나는 지금 렌 덕분에 미슈리아 왕국의 기사 같은 걸 하게 되었다 꼬꼬. 아빠도 그걸 무척 기뻐했다 꼬꼬. 나도 아빠나 엄마나 동생들도 기뻐해 주니까 힘냈다 꼬꼬!"

"그래, 그랬지. 요전부터 차림새도 기사 같았으니까."

기사 갑옷을 입고는 있어도, 역시 코코루는 원래부터 동그랗고 코미컬한 모습이라 멋있다기보다는 뭔가 귀여운 느낌이었지만—.

그래도 코코루는 길드 대항 미션『영웅 육성』에서 톱에 올라선 남자다.

그 이벤트는 미슈르 대륙의 미슈리아 왕국에서 나라의 장래를 짊어질 인재를 확보하기 위해서라는 설정이 있었기에, 이벤트 후 코코루는 자국으로 돌아가서 기사로 등용되었다.

좋은 일이다. 코코루를 육성한 나도 콧대가 높다.

마음껏, 코코루는 내가 길렀다는 말을 할 수 있으니까!

"그런데, 그게 왜 네 친가가 마물 소굴이 된 걸로 이어지는데?"

"내 싸움 방식 때문이다 꼬꼬. 나는 나 혼자서는 못 싸운다 꼬꼬. 『골든 옐로 스위츠』로 고용한 몬스터를 써야 한다 꼬꼬!"

"아……, 그런 거였나. —대략 짐작이 가네!"

눈치챘어! 눈치챘다고!

코코루의 아버지는, 코코루의 전력으로 쓰기 위해 마물을 모으려고 했구나.

그러나 그게 폭주했거나 대량 번식해버린 거겠지.

"너를 위해 마물을 모았다는 거지? 그게 이상해진 거고."

"마, 맞다 꼬꼬! 아버지가 열심히 모은 마물 중에 터무니없는 게 있었다고 한다 꼬꼬!"

그렇군. 코코루를 위해서 아버지가 한 일이 역효과가 난 건가.

하지만 이건, 조금은 나 때문일지도 모른다.

코코루는 내가 길렀으니까.

내가 『골든 옐로 스위츠』를 쓴 전술을 확립해서 코코루를 미슈리아의 기사가 될 정도로 출세하게 만들지 않았다면 이런 일은 일어나지 않았다.

—여기서는 확실하게 책임을 지고 돌봐줘야겠지.

"렌도 『어즈워스 해저 유적군』 공략이 바쁜 줄은 알지만 꼬꼬, 어떻게든 부탁하고 싶다 꼬꼬! 도와줬으면 좋겠다 꼬꼬!"

"그래. 그거라면 괜찮아. 전혀 문제없어! 힘을 빌려줄게! 너의 친가로 가자!"

"꼬꼬~! 고맙다 꼬꼬! 렌이 와준다면 안심이다 꼬꼬!"
"아니아니 그 정도까지는—."

삐로롱~, 삐로롱~.

갑자기 시스템 알림음이! 그리고 메시지도 표시되었다.

한정 퀘스트 『극적 리폼! 친가가 마물의 소굴로』가 발생했습니다.

오오, 한정 퀘스트인가! 그야 그렇겠지. 한정 퀘스트겠지.
이건 우리 말고는 발생하지 않는 퀘스트다.
"그럼 가자! 근데 미안하지만, 지금은 나와 류밖에 갈 수 없어."
"꼬꼬? 그건 상관없지만 꼬꼬, 아키라나 코토미나 유우나는 어떻게 된 거냐 꼬꼬."
"그야 다들 『어즈워스 해저 유적군』으로 갔지."
"에엑?! 왜 렌은 같이 안 간 거냐 꼬꼬? 아니, 나야 렌이 있어 주면 다행이지만 꼬꼬……?"
"그야, 이번에는 내가 전력 외여서 말이지. 대기하게 되었어. 뭐, 어쩔 수 없지. 이번 보스전에는 맞지 않았으니까. —후후."
"꼬꼬…… 치, 침울해할 것 없다 꼬꼬! 렌은 굉장한 대미지를 내는 것만이 아니라, 나한테 싸우는 방법도 이것저것 가르쳐줬다 꼬꼬! 머리가 좋은 거다 꼬꼬! 그런 건 분명 필요한 일이다 꼬꼬!"

"하하하. 신경 쓰게 해서 미안하네, 코코루. 완전 괜찮아. 가자!"

나는 코코루의 등을 두드리고는 수상 코티지를 나왔다.

뭐, 내가 조금 침울해졌을 때 도와달라고 부탁해온 건 반대로 기쁘기도 하고, 고맙기도 하다. —필요하다고 해준다는 건 좋은 일이네.

이 퀘스트는 우리에게만 나오는 한정 퀘스트니까, 정신 차리고 잽싸게 해치워볼까!

제 4 장 극적 리폼! 친가가 마물의 소굴로(전편)

수상 코티지를 나온 우리는 코코루의 친가가 있는 미슈리아 왕국으로 향했다.

이세계 사마르에서 나가면, 그곳은 이 게임에서 우리 학교가 있는 부유도시 티르나의 항구다.

그곳에서 비공정을 타고 미슈리아 왕국으로 향했다.

코코루의 친가가 있는 도시에는 비공정도 정박한다고 해서, 한 번에 바로 갈 수 있었다.

"그래서, 네 친가는 어디야?"

"저기다 꼬꼬."

그곳은 비공정 정류장에서 나와 작은 언덕을 올라가면 나오는 커다란 저택이었다.

새하얀 벽은 반짝반짝 빛나서 아름답고, 지붕이나 무슨 장식 같은 것의 색깔은 빨갛다. 주로 저택 꼭대기 부분에 빨간색이 집중되어 있다.

하얀색 베이스에 붉은 악센트— 응. 이건 닭의 배색이네! 틀림없는 코코루의 집이다!

지붕 꼭대기에 커다란 풍향계도 붙어있으니까. 물론 그 실루엣은 닭이다.

그러나 척 봐도 닭, 이 게임에서는 코케족의 자기주장이 심한 건 접어두더라도, 이거 터무니없이 넓은 저택이네—.

대체 방이 몇 개나 있나 싶은 레벨이어서, 이건 어딘가의 왕족이나 귀족이 살 레벨이다.

"크잖아?! 너 굉장한 부잣집 아들이었구나!"

"뭐— 아빠는 대상인이니까 꼬꼬~."

"굉장하네. 부러워—."

게임 속이라고 볼 수 없는— 이 저택과 비교하면 우리 집은 토끼집 수준이잖아!

아니, 그래도 나에게는 충분할 정도로 넓고, 길러주신 아버지나 엄마에게는 감사 감격의 폭풍이지만, 이런 곳에 산다면 과연 어떤 기분이 들까.

아키라의 현실 친가도 이런 느낌일까—? 굉장한 가문의 아가씨니까.

같은 도련님인 코코루라면 아키라의 마음을 이해할 수 있을지도 모르겠다.

아니, 코코루는 NPC니까 좀 그럴지도 모르지만, 참 잘 만들어져서 평범하게 존재하는 녀석 같단 말이지.

정말로 잘 만든 게임이다. 최첨단 AI 기술을 도입했다고 하던데—.

"생각한 것처럼 좋은 건 아니다 꼬꼬. 내가 약한데도 영웅 후보로 선발된 건 아빠의 연줄 때문이니 뭐니 하는 말도 들었고, 괴롭힘도 당했다 꼬꼬. 그때만이 아니라 어린 시절부터 자주 그런 일이 있었다 꼬꼬. 그래서 이런 집에 태어나지 말 걸 그랬다는 생각도 했었다 꼬꼬."

"으~음. 생생한 이야기네."

현실에서도 있을 법한 기분이 든다.

이 코미컬한 코케족의 인생에 참 무거운 설정을 얹어놨구나, 개발자.

"전에 아키라에게 말했더니, 왠지 이해가 간다고 말해줬다 꼬꼬. 자기도 비슷한 느낌이라고 했었다 꼬꼬."

"아키라가?"

"맞다 꼬꼬. 그래도 렌 덕분에 즐거우니까, 나도 렌의 길드에 있으면 분명 즐거울 거라고 말했었다 꼬꼬. 그리고, 그건 진짜 사실이었다 꼬꼬!"

"오오! 그거 좋네! 그렇게 생각해주니 기쁜데."

"렌 일행 덕분에 나도 자신감을 가지게 됐다 꼬꼬. 그러니까 렌과 아키라는 항상 밝고 친하게 지냈으면 좋겠다 꼬꼬. 싸우면 안 된다 꼬꼬."

아, 코코루 녀석. 나와 아키라가 함께 없어서 싸웠다고 생각하는 건가?

NPC인데 이런 걸 신경 쓰다니, 다정한 녀석이네. 코코루는 처음부터 성격이 좋았지.

레벨이 오르고 지위도 높아졌지만, 이런 면은 변하지 않았다.

"안 했어, 안 했어. 너도 도와줬지만, 아키라용 『레인보우 가드』를 얻기 위해 최적의 파티 편성을 했을 뿐이야. 뭐, 최적 구성을 고려해서 내가 빠지게 된 건 아쉽지만."

"꼬꼬. 그건 그렇다 꼬꼬~. 아키라에게 줄 선물은 자기가 얻고 싶은 거 아니냐 꼬꼬?"

"뭐, 그렇지. 그러려고 했는데, 좀처럼 대책이 떠오르지 않아서 아무튼 얻는 걸 우선한 거야."

뭐, 그건 그것대로 틀린 건 아니겠지만, 분한 건 분하단 말이지.

"아키라를 위해서인 거냐 꼬꼬?"

"맞아. 그래서 내가 직접 자기를 벤치에 보낸 거지…… 뭐, 그건 그거고 이건 이거! 너희 친가도 빨리 어떻게든 해야겠어!"

"고맙다 꼬꼬! 나, 렌 일행 덕분에 자신에게 자신감을 가지게 됐다 꼬꼬. 그래서 친가도 밝아졌다 꼬꼬. 아빠도 기뻐서, 나를 도와주려고 너무 과하게 애썼다 꼬꼬! 악의가 있었던 건 아니다 꼬꼬. 거리에 피해가 생기기 전에 빨리 어떻게든 하고 싶다 꼬꼬!"

"그래, 그래야지!"

우리는 대화를 나누면서 코코루의 친가 저택으로 다가갔다.

점점 그 모습을 자세히 파악할 수 있게 되자, 저택 주변에 반투명한 벽이 가로막고 있었다.

이건 결계 같은 건가? 일단 저택 부지에서 몬스터가 나오지 못하도록 하기 위함인가?

저택 뜰에는 마수계 몬스터가 우글우글.

지붕에는 새 계통 녀석도 있네.

그리고 저택 안에는 인간형 마물이 있는 게 보인다. 꽤 숫자도 많다.

이게 전부 마물인가. —완전히 몬스터에게 지배당하고 있네.

자자, 어떻게 할까—?

우리가 코코루의 친가 저택의 눈앞까지 오자, 그곳에는 걱정스레 안쪽의 모습을 살피는 갤러리들이 모여있었다.

뭐, 그야 그렇겠지. 지금은 결계 같은 게 쳐져 있어서 마물이 바깥에 나가지 못하는 모양이지만, 만약 결계가 깨지고 마물이 밖으로 나오면 대소동이니까.

그럼 멀리 도망치는 게 좋겠지만, 구경꾼 근성이라고나 할까. 메타적으로 말하면 퀘스트를 흥겹게 만들기 위한 무대장치라고나 할까—.

아무튼, 그중에는 코코루의 가족들도 있어서 우리를 발견하자 코케족 특유의 아장아장 발걸음으로 달려왔다.

"오오오오! 코코루! 렌 씨를 데려왔구나 꼬꼬! 이걸로 안심이다 꼬꼬!"

"삐약! 사부님이 와줬다 삐약!"

"이걸로 이긴 거나 다름없나 삐약!"

“사부님이라면, 사부님이라면 분명 어떻게든 해줄 거다 삐약!”

코코루의 동생 삐약이들도 나에게 달라붙었다.

코케족 아이들은 병아리란 말이지. 뭐, 닭이니까 당연한 일이지만, 이게 또 귀엽다.

“그래, 뭐 곤란한 모양이니까 협력해주러 왔어!”

“뀨~! 삐약삐약~! 삐약삐약~!”

류도 병아리가 좋은지 쫓아가서 붙잡으려 했다.

“““까아?! 너는 안 불렀다 삐약~! 도망쳐, 잡아먹힌다 삐약~!”””

파닥파닥 떠들썩하다. 아무래도 코케족은 수호룡이 거북한 걸지도 모른다.

코코루도 약간 류를 무서워하고 있으니까. 류가 코코루의 머리를 살짝 깨물기 때문인가.

“거기, 너희들. 조용히 하지 못하는 거냐! 아빠는 중요한 이야기를 해야 한다 꼬꼬! 소란을 피워서 미안합니다 꼬꼬.”

“아뇨. 딱히 상관없어요. 우리 류가 집적거리는 탓이기도 하니까요. 근데, 이 안에 있는 마물을 어떻게 해야 한다는 거죠?”

“그, 그렇습니다 꼬꼬! 코코루가 기사로 일하는 데 필요한 전력을 바로 확보하기 위해 집에서 기르려고 한 것인데 꼬꼬—.”

“뭔가 실수가 있었던 건가요?”

“그, 그렇습니다 꼬꼬! 아들을 위해 의욕을 내서, 희귀한 마물도 들였는데 꼬꼬…… 어째서인지 갑자기 아내가 몬스터를 이끌고 날뛰는 바람에, 저택이 점령당했습니다 꼬꼬!”

“네?! 부인이―?!”

어쩐지 코코루의 엄마가 없다 싶더라니!

그런 일이 일어났던 건가. 코코루 녀석, 그건 말하지 않았었는데―?

“꼬꼬?! 그건 나도 처음 듣는다 꼬꼬!”

“그, 그야― 갑자기 말하면 혼란스러울 테니까, 먼저 렌 씨를 불러오라고 한 거다 꼬꼬. 게다가 이러는 사이에 엄마가 정신을 차릴지도 모른다고 생각했는데 꼬꼬―.”

“어째서 그렇게 된 건지, 짐작 가는 건 없나요?”

“모, 모르겠습니다 꼬꼬. 하지만, 코코루를 위해 도움이 될 것을 이것저것 모았으니까, 그중 뭔가 터무니없는 게 있었을지도 모르겠군요 꼬꼬…….”

“그냥 부부싸움 같은 거 아니냐 꼬꼬……?”

“그, 그런 일은 없다 꼬꼬! 부부 사이는 원만하다 꼬꼬! 바로 최근에도 네 새로운 동생이나 여동생을 만들려고 애썼던 참이다 꼬꼬―.”

“꼬꼬~! 부모의 밤 생활 사정 같은 걸 폭로하지 마라 꼬꼬! 부끄럽다 꼬꼬!”

……뭐, 뭐어. 확실히. 코코루의 말도 이해는 간다.

이런 말을 들으면 솔직히 꺼림칙하단 말이지.

"삐약?! 동생이나 여동생이 생기는 거냐 삐약!"

"해냈다 삐약!"

"무슨 이름이 좋을까 삐약!"

아, 순수하네. 삐약이들은 아직 유아니까.

"겨우 우리한테도 말단이 생긴다 삐약!"

"턱짓으로 부려 먹어 주겠다 삐약!"

"인생의 험난함을 가르쳐줄 거다 삐약!"

……어떻게 할까.

지금은 바쁘니까 건드리지 말까.

응. 무시하자. 무시해.

나머지는 코코루네 집안 사정이니까. ―그러니 나는 이 상황을 어떻게 하는 것만 생각하자. 그래. 그게 좋겠다.

"그래서, 기사단을 불러서 큰일로 만들고 싶지는 않습니다 꼬꼬. 나중에 아내가 감옥에 들어가기라도 하면 딱하니까요 꼬꼬! 분명 뭔가 안 좋은 것에 조종당하는 겁니다 꼬꼬."

"과연…… 그건 그렇겠네요."

"지금은 아직 우리 집에 있던 상품으로 만든 결계가 통해서 마물이 밖에 나가지 못하고 있습니다 꼬꼬! 지금 이럴 때 어떻게든 했으면 좋겠습니다 꼬꼬~!"

"네! 알겠는데요, 어떻게 안에 들어가면 될까요?"

결계는 저택 전체를 덮고 있어서 우리도 안에 들어가지

못하는 모양이다.

바로 눈앞이라 결계를 만져봤는데, 뭔가 강한 힘으로 안쪽에서 밀어내는 감촉이 난다.

"이걸 들고 가면 됩니다 꼬꼬~! 이 부적을 들고 있으면 결계 안으로 들어갈 수 있습니다 꼬꼬."

코코루의 아버지가 부적을 꺼내서 내게 건넸다.

"아빠! 나도 그거 줘라 꼬꼬!"

"그래. 가져가라 꼬꼬~! 이럴 때지만 꼬꼬, 네가 이렇게 믿음직스러워져서 기쁘다 꼬꼬~! 어엿해졌구나 꼬꼬!"

코코루 몫의 부적도 얻었다.

"꼬꼬~, 칭찬하는 건 무사히 돌아오고 나서 해라 꼬꼬~."

"그랬다 꼬꼬. 엄마를 부탁한다 꼬꼬! 코코루!"

"알았다 꼬꼬! 그럼 간다 꼬꼬, 렌!"

"좋았어! 가자!"

나와 코코루는 부적을 들고 결계 안으로 침입했다.

아까는 건들면 안쪽에서 밀어내는 듯한 저항이 느껴졌지만, 부적을 들자 반대로 빨려 들어가는 느낌이 들었다.

"좋아. 가자 코코루, 류."

"꼬꼬~! 맡겨둬라 꼬꼬!"

"뀨~! 뀨뀨~!"

음. 모두 기합이 들어가 있네!

실제로 아키라 같은 소드 댄서가 소환되지 않으면 내 순간 딜링은 크게 떨어지니까, 코코루가 애써줘야 한다.

로망포를 로망포답게 만드는 내 오의는 반드시 『파이널 스트라이크』가 조합되어야지만 대 대미지를 뽑아낼 수 있다.

본래의 『파이널 스트라이크』는 재사용시간이 5분이며, 연타는 불가능하다.

그걸 아키라의 직업 소드 댄서의 『검의 춤』을 받아서 즉시 사용 가능으로 만들어 오의를 연타해서 순간 딜량을 끌어올리는 거다.

나와 코코루만 있는 지금은 오의를 한 번 쓰면 다음은 오래 기다릴 수밖에 없다.

그래서 섣불리 쓸 수 없다. 써야 할 곳을 고려해야 한다.

오의가 없다면, 문장술사는 모든 직업 중에서도 최저 클래스의 딜밖에 나오지 않으니까—.

여기서는 『엘리멘탈 서클』을 써서 깨작깨작 진행할 수밖에 없겠지.

이 마법은 이럴 때 약간의 공격 능력을 부여해주는 게 아마 본래의 용도일 거다.

그 역할을 완수하기로 하자.

부우우우우웅—!

뜰을 나아가는 우리 앞을 바로 가로막은 몬스터.

거대한 외뿔을 가진 황소 같은 느낌이다. 눈이 엄청 핏발 서 있다.

이름은— 혼 버팔로인 모양이다.

뭐가 그렇게 화가 난 건지는 모르겠지만, 분노에 미쳐 날뛰고 있는 느낌이다.

"왔다 꼬꼬! 우리 집을 멋대로 하게 두지는 않겠다 꼬꼬! 와라 꼬꼬! 인페르노 아머!"

코코루가 전신 오렌지색의 화려한 전신 갑주를 불렀다.

안은 텅 비었고, 신기한 힘으로 둥실둥실 움직인다.

이른바 리빙 아머계 몬스터다.

"합체다 꼬꼬~!"

철컥철컥! 철컥! 철커어어어어억!

멋있는 금속음과 함께, 코코루가 갑옷을 입어 풀 아머화 했다!

리빙 아머계 몬스터가 가진 능력『장착 빙의』다.

코케족의 특징인 둥그스름한 보디에 맞춰서 변형하는 걸 보면, 친절한 녀석이다.

이에 따라 코코루의 스테이터스는 인페르노 아머와 호각이 될 정도로 올라간다.

인페르노 아머보다 강한 녀석이 상작한다면 대폭 약화되

지만, 리빙 아머보다 약한 녀석이 장착하면 극적으로 스테이터스가 올라간다.

이걸 어떻게 받아들일지는 그 사람마다 다르겠지만, 코코루의 경우 극적인 강화다.

원래 코코루는 싸울 수 있는 스테이터스가 아니니까 말이지.

인페르노 아머를 『장착 빙의』한 코코루는 진정한 힘을 발휘할 수 있게 되는 거다—.

……특촬 히어로 방송처럼 말하면 이런 느낌인가?

"꼬꼬~!"

갑옷의 강화에 몸을 맡겨서 머리부터 돌격해 몸통박치기! 퍼억! 아플 듯한 소리가 들렸다.

인페르노 아머의 공격. 혼 버팔로에 163의 대미지!

오오, 통하네 통해!

그로부터 코코루와 혼 버팔로의 격투가 펼쳐졌다.

상황은 코코루 우세다. 공격이 혼 버팔로의 HP를 슬금슬금 깎고 있다.

좋아. 그럼 이쪽도 해볼까! 코코루에게 다 맡기는 것도 미안하니까!

"장비 변경, 세트 D!"

오늘의 세트 D는 즉 그거다. 데스 채리엇 장비 세트!

느닷없이 작은 데스 채리엇으로 변한 내가 바로 마법을 발동했다.

“『엘리멘탈 서클』!”

발동 타깃은 여느 때처럼 우리 수호룡에게.

류가 가진 『타깃 마커』 스킬로 인해, 본래는 설치하면 움직일 수 없는 서클이 류의 움직임에 따라 이동하게 된다.

그리고 나타나는 새까만 암속성 서클. 응, 의도대로야 의도대로.

“꼬, 꼬꼬~?! 레, 렌! 그 묘한 차림새는 뭐냐 꼬꼬?!”

아아, 코코루는 데스 채리엇을 만나지 않았고, 데스 채리엇 장비도 처음 보는 거였지.

그야 이 박력 만점의 미니 데스 채리엇으로 갑자기 갈아입으면 놀라려나.

“이걸 갈아입고 『엘리멘탈 서클』을 쓰면, 암속성만 나가게 할 수 있어!”

암속성 서클은 HP 흡수라는 추가 효과도 있으니까.

HP를 회복하면서 싸울 수 있는 건, 우리 두 사람에게는 고마운 효과다.

둘 다 회복마법 같은 건 없으니까 말이지.

코코루가 별도로 회복이 가능한 몬스터를 스톡해뒀을 가능성도 있지만.

“장비 변경, 세트 A!”

이걸로 나는 평범한 모습으로 돌아온다.

데스 채리엇 장비는 터무니없는 스테이터스 다운이 붙어 있고, 움직임도 느리다.

어디까지나 암속성 서클 고정용 갈아입기에만 쓸 수 있는 물건이다.

원래대로 돌아온 나는 혼 버팔로에게 다가가 공격을 반복했다.

유일하게 제대로 맞힐 수 있는 일반 공격, 단순한 숄더 차지다.

일격 대 대미지의 로망을 위해 DEX(재주)를 완전히 내다 버린 나의 일반 공격은 기본적으로 쓰레기다.

지팡이칼로 날리는 일반 타격은 그냥 장식! 유일하게 맞출 수 있는 게 필중인 이것뿐이다.

격투·몸통박치기의 일반 공격은 암기 아츠와 마찬가지로 회피(스웨이) 무효니까.

그 대신 위력은 그리 강하지 않고, 모션도 콤보 성능에 문제가 있고, 몸통박치기 아츠는 AP에 더해서 HP까지 소비한다.

당연히 인기가 없지만, DEX(재주)를 버리고 VIT(내구)에 몰빵한 나도 공격을 맞출 수 있는 유일무이한 수단이다.

렌의 공격. 혼 버팔로에 81의 대미지!

렌의 공격. 혼 버팔로에 60의 대미지!

렌의 HP가 60 회복됐다.

렌의 HP 상한이 60 늘었다.

으음. 이 정도인가!

그러나 나의 일반 공격 대미지를 고려하면 『엘리멘탈 서클』의 추가 공격 60 대미지는 크다. 깎는 성능이 급증한 거니까.

게다가 HP도 회복되니 말이지.

추가 효과는 일격마다 MP를 5 소비하지만, 문장술사는 현재 HP와 MP 수치를 바꾸는 스킬 『턴 오버』가 디폴트로 장비되어 있다.

평소에는 강제로 MP를 0으로 줄이고 암기 아츠에 들어 있는 오의의 위력을 끌어올리는 용도로 쓰지만, 본래의 용도인 MP 회복용으로 쓰면 추가 효과인 MP 소비는 별로 신경 쓰지 않아도 된다.

응응. 이럴 때는 나쁘지 않네. 『엘리멘탈 서클』!

없는 것보다는 있는 게 훨씬 나아!

"이거라면 회복하면서 싸울 수 있다 꼬꼬! 고맙다 꼬꼬!"

코코루와 합체한 인페르노 아머에도 MP가 있기에, 추가 효과인 HP 흡수가 발동하고 있다.

인페르노 아머 자체의 방어력도 높아서, 암서클 추가 효과만으로도 HP가 전혀 줄지 않는다.

오히려 상한을 넘을 때의 최대 HP 부스트로 점점 HP가 늘어난다.

"겉모습은 좀 그래도, 쓰고 싶은 효과를 좁힐 수 있게 된 건 편리하다 꼬꼬!"

코코루가 봤던 건 랜덤으로 속성이 발동하는 『엘리멘탈 서클』뿐이었으니까.

추가 효과가 우수한 암서클로 좁힐 수 있게 된 건 극적인 진화다.

확실히, 겉모습이 좀 유니크하게 변하긴 하지만.

그러나 장비에 중요한 건 겉모습이 아니라 성능이다!

겉모습은 정말 촌스럽지만, 성능이 좋고 입수 허들도 낮은 장비가 있다면 모두가 그 장비로 통일하게 되는 건 온라인 게임에서는 자주 있는 일이다.

"그렇지. 난 언젠가 이 암서클을 활용한 문장술사가 대인기를 끌어서 거리에 데스 채리엇 차림의 문장술사가 넘쳐나기를 기도하고 있어!"

"보기 싫은 미래다 꼬꼬~."

우리는 그런 말을 나누면서 덮쳐온 적을 쓰러뜨리고는 다시 뜰을 나아갔다.

도중에 다른 마물도 덤벼들었지만, 딱히 문제없이 쓰러뜨릴 수 있었다.

오의가 필요한 강한 적도 나오지 않아서 암서클만으로도 충분했다.

이게 없었으면 딜이 심각하게 안 나왔을 테니까, 역시 없는 것보다는 있는 게 훨씬 낫네.

문장술사의 성능을 끌어올려 주는 좋은 마법이다.

뭐, 이거 하나만으로 다른 멀쩡한 공격 역할과 견준다거나, 그런 차원은 전혀 아니지만.

역시 로망포는 오의를 쓰지 않으면 전혀 대미지를 벌지 못한다.

그렇지만 이런 곳에서 쏴도 완전 오버킬이라 의미는 없으니, 역시 잡졸 연전에는 어울리지 않는다.

그래도 『엘리멘탈 서클』 덕분에, 오의 없이는 100점 만점 중 5점이었던 게 15점 정도까지는 되지 않았을까?

이전 성능 기준 세 배! 굉장한 진보다!

그렇게 뜰의 마물을 쓰러뜨리면서 저택 안으로 들어온 나는 코코루에게 물었다.

"너희 엄마가 몬스터를 조종하고 있다고 했었지? 어디에 있는지 알겠어?"

"일단 엄마 방으로 가보자 꼬꼬. 안내한다 꼬꼬!"

"좋았어, 가보자!"

코코루가 나를 선도했고, 우리는 무식하게 큰 저택 안을 달려서 나아갔다.

갑옷을 입은 코코루의 등을 보면서 생각한 건데, 길드 대항 미션에서 우리에게 처음 왔을 때처럼 겁 많고 미덥지 못한 모습은 느껴지지 않았다.

어엿하게 성장했네. 응응. 길러낸 나도 콧대가 높아.

"이 앞에 커다란 홀이 나온다 꼬꼬~! 엄마 방은 그곳에서 계단을 올라가면 된다 꼬꼬! 3층이다 꼬꼬~!"

"알았어!"

저택 안의 몬스터는 밖을 어슬렁거리는 짐승 계열이 아니라 코코루가 자주 쓰는 리빙 아머 계열이나 언데드 계열 등 인간형 실루엣이 많은 것 같았다. 강함은 바깥과 그리 차이가 없다.

뭐, 단순하게 저택 안에서는 몸집이 큰 짐승 계열은 조금 방해되니까.

게다가 실내로 들어오면 털이 떨어져서 청소하기 힘들기도 하고.

계속 적을 쓰러뜨리며 나아간 우리는 통로 끝에 있는 커다란 문을 마주했다.

코코루의 안내대로, 이 문 너머에는 커다란 홀이 나오겠지.

"연다!"

"알았다 꼬꼬!"

우리는 몸통박치기를 날려서 콰앙! 하고 힘차게 문을 열었다.

그곳은 아마 현관홀 같은 곳이었다.

다수의 층을 관통하는 천장은 굉장히 높았고, 천창(天窓)에서는 부드러운 빛이 쏟아진다.

떡하니 자리한 커다란 나선 계단이 각 층을 연결하고 있고, 여기저기에 배치된 장식들도 훌륭하다.

단지 뭐랄까, 금색으로 반짝이는 비싼 물건이더라도 모티브가 닭 실루엣인 게 많네. 역시 코케족.

그러나 일단 엄청 넓고 엄청 높아 보인다. 이거 거의 성이네.

그리고, 그 안에서—.

쿠우우웅—!

날개 달린 악마의 모습을 한 석상, 즉 가고일인가? 그게 홀에서 이어지는 계단을 지키듯이 머물고 있었다.

꽤 커서, 내 신장의 배 이상은 되어 보인다.

확실히 이런 넓은 홀이라면 이런 커다란 녀석을 놔둘 수 있겠지.

가고일은 신음을 내지르면서 우리를 번뜩 노려봤다.

번쩍! 새빨간 루비 같은 눈이 빛난다.

"떠나라—! 그러지 않으면, 목숨은 없다……!"

나왔구나, 중간 보스급 존재!

녀석의 발에 따라 놀아날 수는 없다.

여기서는 싸워서 쓰러뜨릴 수밖에 없나—!

"나왔구나. —중간 보스급 몬스터! 코코루, 쓰러뜨리고 나아가자!"

"오케이다 꼬꼬!"

"정 떠나지 않겠다면—."

대형 가고일의 눈이 한층 번뜩이며 빛났다.

완전히 죽일 생각이 넘쳐나는 느낌이다.

"여기는 우리 집이다 꼬꼬! 멋대로 들어온 건 너다 꼬꼬! 나가라 꼬꼬!"

"그럴 수는 없지—!"

가고일은 크게 숨을 들이쉬는 동작을 보이더니, 거기서 이쪽을 향해 불을 뿜었다!

후오오오—!

두꺼운 불꽃의 띠가 우리에게 쏟아져서 대미지를 가했다.

휴지 가고일은 화염 숨결을 뿜었다!

렌에 341의 대미지!

인페르노 아머에 332의 대미지!

"뜨거워어어어꼬꼬! 닭구이가 된다 꼬꼬~?!"

“큭—! 꽤 아픈데, 역시 중간 보스!”

파괴력으로 따지면 데스 채리엇이나 하데스 로즈 등의 『어즈워스 해저 유적군』의 보스들이 더 강하겠지만—.

그래도 지금 우리는 두 명뿐이고, 회복도 암서클의 흡수에 의지해야 하니까 빈곤하다.

이 상황에서 화염 연타를 당하면 좀 힘들겠지—.

“좋아, 나한테 맡겨라 꼬꼬! 인페르노 아머, 합체 해제다 꼬꼬! 돌아가도 된다 꼬꼬!”

코코루가 합체 중이던 인페르노 아머를 귀환시키고 원래 상태로 돌아왔다.

“프로스트 이글, 와줘라 꼬꼬!”

부름에 응해서 푸른색의 괴조형 몬스터가 나타났다.

코코루가 동시에 부를 수 있는 건 하나뿐이라서, 전환하려면 원래 있던 인페르노 아머를 귀환시킬 수밖에 없었던 거다.

이 녀석도 길드 대항 미션 때 코코루가 썼던 몬스터다. 오랜만에 보니 그립네.

“렌! 타라 꼬꼬!”

“알았어!”

나와 코코루는 프로스트 이글의 등에 달라붙었다.

프로스트 이글은 곧바로 날아올라 휴지 가고일의 머리 위를 비행했다.

이 홀이 무식하게 큰 덕분에 프로스트 이글도 편하게 날아다닐 수 있다.

"흐으음—! 교활하구나—!"

휴지 가고일은 하늘을 나는 프로스트 이글을 향해 불을 뿜었다.

그러나 이쪽도 하늘을 나니까 기동성은 충분. 그렇게 간단히 맞지 않는다.

적의 불꽃이 커다란 홀 여기저기에 착탄. 바닥이나 벽이 타서 검게 더러워졌다.

"꼬꼬?! 집이 탄다 꼬꼬! 남의 집에서 무슨 짓이냐 꼬꼬!"

"확실히 실내에서 불은 민폐지—."

"이렇게 되면 불에는 얼음이다 꼬꼬! 프로스트 이글! 눈보라다 꼬꼬!"

큐오~! 프로스트 이글은 한 번 울고는 불꽃을 피하면서 눈보라를 토해내 휴지 가고일에게 퍼부었다.

프로스트 이글은 눈보라를 토했다! 휴지 가고일에 35의 대미지!

"음……?! 별로 안 통한다 꼬꼬?!"

"불을 뿜는다고 얼음에 약한 건 아니라는 건가—."

그렇더라도 대미지가 전혀 맞물리지 않는다.

이쪽은 300을 얻어맞는데, 상대는 30 남짓밖에 안 나오니까.

그 후에도 프로스트 이글은 적에게 열심히 눈보라를 퍼부었지만, 대단한 대미지는—.

그때, 나는 깨달았다.

"응—? 아, 그런가. 그런 거였나!"

"응? 왜 그러냐 꼬꼬? 렌."

"코코루! 내가 신호를 주면 프로스트 이글을 녀석에게 돌진시켜!"

"아, 알았다 꼬꼬!"

나는 갈아입지 않은 채 광범위한 『엘리멘탈 서클』을 전개해서 MP를 아슬아슬하게 줄였다. 평소의 MP 버리기다. 오의의 사전 준비다.

"좋아! 됐어, 돌진해!"

"꼬꼬! 프로스트 이글, 저 녀석을 향해 돌진이다 꼬꼬~!"

큐오오오! 코코루의 지시에 따라 프로스트 이글이 적의 품으로 돌진했다.

—내가 아까 주목한 건, 이 휴지 가고일의 HP 바다.

대미지 30 조금 넘는 걸 3~4발, 즉 100 조금 넘는 수치밖에 주지 못했는데, HP 바가 몇 퍼센트 정도 줄어들었다.

즉, 추측해보면 이 녀석의 최대 HP는 2000~3000 정도밖에 없다는 거다!

방어력은 굉장히 높아도 HP가 낮은 적은 꽤 자주 나오니까. 그런 타입이겠지.

그리고, 내 오의는 필중이면서 방어력 무시다.

즉— 이런 타입은 정말 좋아합니다!

자, 프로스트 이글을 돌진시킨 덕분에 이미 휴지 가고일은 눈앞에 왔다. 한 방 먹여보자!

"오의—『데드 엔드』으으으으~~!"

서거어어어어억!

보라색으로 빛나는 참격이 휴지 가고일을 덮쳤다!

렌의 데드 엔드가 발동. 휴지 가고일에 4984의 대미지!
렌은 휴지 가고일을 쓰러뜨렸다.

"으아아아아—!"

휴지 가고일의 몸이 산산이 무너졌다.

"—음! 예상대로 한 방이네!"

단단하고 HP가 낮은 녀석이라니, 이 로망포가 정말 좋아하는 타입이란 말이지!

"꼬꼬~! 역시 렌이다 꼬꼬! 터무니없는 위력이다 꼬꼬~!"

코코루가 프로스트 이글의 등에서 내려와 뿅뿅 뛰며 기뻐했다.

나도 이어서 내려와 코코루에게 답했다.

"뭐, 이것만이 장점이니까! 아키라도 없고, 연발할 수는 없으니까 다음에 쓰려면 최속으로 5분은 대기해야 해. 여기서 잠시 기다렸다가, 또 쓸 수 있게 되면 나아가자."

"그렇구나 꼬꼬. 알았다 꼬꼬. 안전제일이다 꼬꼬."

"그래. 아키라가 있었다면 기다리지 않아도 됐는데 말이지."

뭐, 아키라 일행은 중요한 던전 공략 중이니 어쩔 수 없지만.

"크크큭— 그건 좋은 말을 들었다 꼬꼬……!"

코케족의 말투지만, 코코루의 목소리가 아닌 여성 목소리다.

그렇다면—?!

나는 목소리가 들린 방향, 홀에서 이어지는 계단 위를 바라봤다.

"어, 엄마!"

코코루가 목소리를 높였다. 그렇다. 코코루의 엄마다.

목에 커다란 검은 수정 목걸이를 걸고 있다.

그리고 그게 이상한 검은 오라를 발하면서 코코루 엄마의 전신을 감싸고 있었다.

"뭐야 저건—?! 저거 때문에 너희 엄마가 이상해진 건가?!"

"부, 분명 그럴 거다 꼬꼬! 검은 오라가 나오고 있다 꼬꼬! 대놓고 보여주는 느낌이다 꼬꼬! 엄마 괜찮은 거냐 꼬꼬?! 제정신으로 돌아와라 꼬꼬!"

"크크큭! 그럴 수는 없지 꼬꼬! 모처럼 오랜만에 얻은 몸이다 꼬꼬, 여기를 근거지로 삼아, 이 마인 벨드 님이 공포의 제국을 만들겠다 꼬꼬~!"

마인 벨드? 그놈이 흑수정 목걸이에 빙의되어 있었다는 건가?

"마인?! 잘 모르겠지만 꼬꼬, 그게 그 목걸이에 잠들어 있었던 거냐 꼬꼬?!"

"그렇다! 아득한 옛날에 나의 육체는 사멸했지만, 이 흑수정 목걸이에 영혼만 봉인되었지 꼬꼬! 그 이후 숙주를 전전하면서 완전한 부활의 때를 기다렸다 꼬꼬! 너희를 만난 것도 처음은 아니다 꼬꼬! 그때는 프로이 야신이 신세를 졌구나 꼬꼬!"

"뭐?! 프로이라고?!"

코코루가 사는 미슈리아국과 적대하는 카라나트 교주국의 간부였던 적 캐릭터다! 몇 번 퀘스트에 나와서 보스전을 벌인 적이 있다!

그 프로이는 이 녀석이 조종하고 있었던 건가?

그리고 프로이가 쓰러지고 나서 흑수정 목걸이의 소유주는 없어졌고, 매물로 나와 코코루의 아버지에게 팔렸다……?!

이런 곳에서 설정이 이어질 줄이야. —참 공들인 이벤트네!

"마인이라는 느낌은 안 나는데 말이지……. 꼬꼬거리고 있고."

"흐흥……! 아직 이 몸을 잘 다루지 못할 뿐이다 꼬꼬! 익

숙해지면 곧 몸도 마음도 마인의 모습을 되찾겠지 꼬꼬! 수백 년 동안 이 흑수정에서 힘을 모아온 나는, 예전의 육체로 되살아날 정도의 힘을 모았다 꼬꼬!"

"꼬꼬?! 그럼 엄마는 어떻게 되는 거냐 꼬꼬?!"

"두 번 다시 돌아오지 못하겠지 꼬꼬! 내 육체의 소체가 된 것을 영광으로 생각해라 꼬꼬!"

"꼬꼬~?! 그런 짓을 하게 둘 수는 없다 꼬꼬! 엄마를 돌려줘라 꼬꼬!"

"코코루! 아무튼 저 흑수정 목걸이를 떼어내자!"

"알았다 꼬꼬!"

"크크큭……! 오의를 쓰지 못하는 너 따위는 무섭지 않다 꼬꼬! 지금 이때 죽여두기로 할까 꼬꼬! 각오해라 꼬꼬! 와라! 몬스터들아!"

크오오오오오—!

갸갸갸갸—!

키샤아아아아!

기기기기기기—!

현관홀 안으로 몬스터 군단이 대거 몰려왔다!

어느 출입구도 완전히 막혀버렸다!

"꼬꼬~?! 굉장한 수다 꼬꼬! 아빠가 너무 의욕을 내서 몬스터를 마구 모아버렸다 꼬꼬!"

"애정이 아프다는 그런 건가……! 자, 그럼 어떻게 할까—!"

"렌! 다시 타라 꼬꼬! 아무튼 오의를 쓸 수 있게 될 때까지 시간을 번다 꼬꼬!"

"좋아, 그래야겠어!"

프로스트 이글은 다시 우리를 태우고 날았다.

"놓치지 않는다 꼬꼬~!"

검은 오라를 두른 코코루의 엄마가 마법을 영창해서 날렸다.

"섀도 피닉스!"

검은 불꽃의 피닉스가 프로스트 이글을 쫓았다.

유도탄인가! 게다가 프로스트 이글보다 빨라!

프로스트 이글도 필사적으로 도망치기 위해 날았지만, 허망하게 적의 마법이 직격했다.

큐에에에에에엑—?!

전신의 깃털이 타버려서 바닥에 추락했다. 우리도 내동댕이쳐져서 바닥에 부딪혔다.

렌은 낙하 대미지! 300의 대미지를 받았다!

코코루는 낙하 대미지! 300의 대미지를 받았다!

너무 높으면 즉사하니까, 대미지로 끝난 건 다행이라 할 수 있다.

"프로스트 이글?! 이제 됐으니 돌아가라 꼬꼬! 대신 인페르노 아머! 합체다 꼬꼬!"

두 번째 인페르노 아머가 나타났다.

"코코루! 그 녀석은 없는 거냐……?!"

그래, 그 녀석이다! 고용하기에는 비싸지만, 히든카드로 쓰기에 어울리는 광역 파괴를 불러일으키지―!

"데들리 킹 말이냐 꼬꼬?! 아무리 그래도 없다 꼬꼬! 아직 그 녀석의 던전 안까지 들어가는 건 힘들다 꼬꼬."

"그런가. ―그럼 그것 없이 어떻게든 할 수밖에 없겠네!"

"내가 시간을 벌겠다 꼬꼬! 렌은 방어에 전념해라 꼬꼬!"

풀 아머 코코루가 나를 감싸듯이 마물들의 전면에 섰다.

"좋아, 와라 꼬꼬!"

자세를 잡은 코코루에게 마물들이 달려들었다.

나는 그걸 지원하기 위해 갈아입기&암서클을 발동했다.

"『엘리멘탈 서클』! 류! 코코루 근처에 있어!"

암서클의 추가 효과로 HP를 회복할 수 있으니까.

그러나 이것도 일격마다 MP를 잡아먹으니까 코코루의, 아니 인페르노 아머의 MP가 다 떨어지면 끝이다.

즉, 시간 벌기가 가능하다는 수준에 불과하다.

뭔가 다른 타개책이 필요하다. ―그리고 나의 『파이널 스트라이크』의 재사용시간은 앞으로 3분이나 남았다.

그때까지 버틸 수 있을까? 아니, 버틴다고 해도, 한 방에 사태를 타개할 수 있을까?

한 방에 타개하려면, 저 검은 오라에 휘감긴 코코루의 엄마— 아니 그걸 조종하는 저 흑수정 목걸이에 오의를 때려 박아서 일격필살을 노려야 한다.

저것의 HP는 얼마지—? 한 방에 끝낼 수 있을까?!

"꼬꼬꼬꼬꼬끼오오오오—!"

풀 아머 코코루, 아니 인페르노 아머가 주먹을 붕붕 휘둘러서 전면의 몬스터들에게 공격을 퍼부었다.

기분 탓인지 전보다 움직임이 좋네. 민첩하고 공격 횟수도 많다.

코코루가 인페르노 아머의 사용법에 익숙해진 건가?

아무튼 탱커로는 훌륭한 퍼포먼스다.

그러나—.

"코코루! 최대한 공격 횟수는 적게, 일격이 무거운 공격으로 해! 그게 MP가 오래 버텨!"

공격 횟수가 너무 많아지면 일격 일격에 추가 효과가 들어가니까 MP가 떨어지는 게 빨라진다.

이상적인 구도는 추가 효과 한 방에 60 전후의 HP가 회복되니까 60 대미지를 입을 때마다 60 회복을 하면 최저한의 공격 횟수로 넘기는 거지만, 이런 난전에서는 거기까지 계산할 수 없다. 가급적 조심해야 한다.

"후후! 걱정하지 마라 꼬꼬, 렌! 이게 있다 꼬꼬!"

코코루가 꺼낸 건 뭔가 갈색 병이었다.

표면에는 코케족 실루엣의 로고가 보인다.

"코케비탄 D다 꼬꼬! 코케족 전용 영양 드링크다 꼬꼬!"

코코루는 그걸 쭉 들이켰다.

그러자— MP가 쭉쭉 회복됐다!

1초에 20~30 회복되는 건가? 굉장한 효과네!

"최고급 영양 드링크지만 꼬꼬, 우리 집 상품이다 꼬꼬! 즉 공짜! 이런 상황이니까 쓸 수 있는 건 최대한으로 이용한다 꼬꼬!"

"오~! 나이스야 코코루! 이거라면 오의 재사용시간까지 버틸 수 있겠어!"

"가져야 하는 건 부자 친가다 꼬꼬~!"

인페르노 아머가 점점 기세를 늘려서 적을 두들겨 팼다.

나도 코코루가 때려서 빈사가 된 적을 유일하게 쓸 수 있는 일반 공격인 평범한 숄더 태클로 깨작깨작 처리했다.

한 마리, 두 마리, 적의 격파수도 조금씩 늘었다.

일단 공헌은 해야 하니까.

"기고만장하지 마라 꼬꼬—! 새도 피닉스!"

후방에서 지켜보던, 코코루의 엄마에 빙의한 마인 벨드가 움직였다.

아까 봤던 검은 불꽃 피닉스 마법이다!
"크—! 아까의 그거냐 꼬꼬!"
코코루는 가드를 굳히고 받아냈다.

퍼어어어어어엉!

불기둥이 치솟으며 코코루가 검은 불꽃에 휩싸였지만—.
불이 사라져도 여전히 서 있다. 그러나 대미지는 커 보인다.
HP 바가 6할 정도 날아가 버렸다.
가드했는데도 저렇다니, 굉장한 위력의 마법을 가졌잖아—!
"아, 아프다 꼬꼬! 하지만 아직 회복할 수 있다 꼬꼬!"
말하자마자 몬스터 군단에게 주먹 난무를 먹였지만—.
"그렇게 두진 않는다 꼬꼬! 물러나라!"
지령에 응한 몬스터들이 코코루에게서 거리를 벌렸다.
"음—?! 덤벼라 꼬꼬!"
"회복할 재료는 안 준다 꼬꼬! 그리고— 마무리다 꼬꼬! 섀도 피닉스!"
그 마법이 한 방 더 날아온다!
"꼬꼬?!"
"코코루, 도망쳐! 달리다 보면 사라질지도 몰라!"
"알았다 꼬꼬~~~~!"
코코루는 섀도 피닉스에서 도망쳤다.

그리고 앞이 비어버린 나에게 몬스터들이 다가왔다.

"과연, 그렇게 나왔나—!"

그러나 나도 일단 맞출 수 있는 일반 공격 숄더 차지와 암서클 추가 효과가 남아 있다!

AP도 있고, 승○권 같은 아크로바틱한 점프 모션이 그런대로 쓸만한『윈드밀』도 몇 번은 쓸 수 있다.

DEX를 전혀 올리지 않아서 공격으로는 쓰지 못하지만, 이 녀석의 움직임은 적을 뛰어넘거나 기술을 피하는 등 다양하게 쓸 수 있다.

이걸로 버티겠어—!

일제히 돌진한 적을『윈드밀』로 점프해서 피했다.

착지는 HP가 줄어든 녀석 옆을 노려서—.

그리고 즉시, 그냥 숄더 차지!

렌의 공격. 데몬 나이트에 81의 대미지!

렌의 공격. 데몬 나이트에 60의 대미지!

렌의 HP가 60 회복됐다.

렌은 데몬 나이트를 쓰러뜨렸다.

좋아 격파! 다음은—?!

바로 그럴 때—.

"뀨~! 렌~! 뭔가 와 뀨~!"

류가 소란을 부리기 시작했다! 그 몸이 신성한 광채에 휩싸인다!

오오, 배틀 중에 새로운 스킬을 익히려는 건가! 고맙습니다!

“좋아, 와라. 새 스킬은 뭐냐?!”

나는 시스템 윈도우에 표시된 글자에 주목했지만—.

크아아아아아!

갸갸갸갸!

몬스터들의 일제 공격이 눈앞으로 다가왔다!

“앗?! 윈드밀!”

점프하는 움직임의 아츠로 적을 뛰어넘어 대처했다.

좋아, 지금 이럴 때—! 나는 공중에 있을 때 재빨리 윈도우를 살폈다.

리제네레이트(상시 발동)

〈효과〉 수호룡 근처에 있는 플레이어의 HP가 서서히 회복됩니다.
마스터 이외의 파티 멤버에게도 유효합니다.
회복량은 1초당 5HP입니다.

베이비 브레스(전투 중)

〈효과〉 유룡(幼龍)의 브레스를 토해서 마스터를 원호합니다.
브레스의 대상은 마스터의 타깃과 같습니다.
본 스킬에 의한 어그로는 마스터가 이어받습니다.

그로우 업(전투 중)
〈효과〉 마스터의 AP를 소비해서 일시적으로 성장합니다.
성장 후에는 마스터가 지시한 적을 공격하는 NPC로 취급됩니다.
적의 공격으로 격파되었을 때는 유룡으로 돌아갑니다.
소비 AP 200, 효과 시간 900초.

오토 채집 2(상시 발동)
〈효과〉 근처에 소재 수집 포인트가 있을 경우, 때때로 자동으로 소재를 회수합니다 (채집 도구는 불필요).
마스터가 로그아웃한 동안에도 소재를 수집할 수 있습니다.
일반 오토 채집보다 비싼 물건을 수집할 수 있게 됩니다.
또한, 수집하는 빈도도 증가합니다.

음……?! 이건—?!

"그렇게는 안 된다 꼬꼬!"

코코루의 엄마가 눈을 번쩍 빛냈다!

눈에서 발사된 괴광선이 내게 날아왔다!

완전히 착지 시점을 노렸다. 광선의 스피드도 빨라서 가드할 수밖에 없다!

"크……!"

마인 벨드의 아이스 번. 렌은 가드. 307의 대미지.

꽤 아프네!

그런 데다 이 기술은 상당한 충격을 낳아서 받아낸 나를 후방으로 넉백시켰다.

그러자 그곳은, 적 집단의 한가운데.

안 좋은 곳에 떨어졌다! 이 녀석, 노렸구나!

곧바로 사방팔방에서 적의 공격이 내게 쏟아졌다.

이건 피할 수 있는 밀집도와 타이밍이 아니다.

윈드밀을 써도 점프하는 모션 와중에 얻어맞게 된다!

가드할 수밖에 없나—!

정면에서 날아온 공격이라면 가드 모션으로 대미지를 0으로 할 수 있다.

VIT 몰빵인 나의 가드는 난난하니까!

그러나 뒤에서 날아오는 공격은 가드가 작동하지 않는다.

가드할 수 없으니 당연하다면 당연하지만, 가드 버튼만 누르면 전 방향의 공격을 가드할 수 있다거나 하는 게임적인 편리한 기능은 없다.

실제로 막아내는 움직임이 성립해야지만 거기서 완전히 가드하거나 가드 브레이크를 하는 등의 판정이 나온다.

반대로 회피는, 모션으로는 맞더라도 스테이터스 차이로 피했다는 판정이 나와서 완전히 무효화된다.

스테이터스만 차이가 나면 아무것도 하지 않아도 멋대로 공격이 무효화되니까, 아무 생각을 하지 않아도 되는 건 회피 쪽이다.

그래서 탱커를 제외하면 가드보다 회피를 좋아하는 경향이 있다.

아무튼, 이대로 가면 전방을 가드하더라도 뒤에서는 그대로 계속 얻어맞게 된다.

그렇다면, 이 녀석을 쓸 때인가!

"『귀갑 가드』!"

나는 방어용 아츠를 발동했다!

평소에는 별로 쓰지 않지만, 격투·몸통박치기 아츠 중 하나다.

귀갑 가드(소비 AP 125)

〈효과〉 격투·몸통박치기술. 효과 시간 중에는 이동할 수 없지만 모든 물리 대미지를 대폭 막는다.
효과 시간 30초.

AP를 잡아먹지만, 어쩔 수 없지!

이걸 쓰면 일일이 가드할 필요도 없다! 대미지는 대폭 내려간다.

데몬 나이트의 공격. 렌에 3의 대미지!
데몬 나이트의 공격. 렌에 4의 대미지!
데스 파이터의 공격. 렌에 5의 대미지!
데스 파이터의 공격. 렌에 2의 대미지!
리저드 펜서의 공격. 렌에 6의 대미지!
리저드 펜서의 공격. 렌에 4의 대미지!

가드하지 않아도 적의 공격은 전부 한 자릿수대다.

원래 단단한 데다 귀갑 가드도 걸었으니까! 움직이지 못하게 되지만.

좋아, 이 효과 시간 30초 안에 류의 새 스킬을 정하자!

리제네레이트— 이건 HP를 일부러 1까지 줄이기도 하는 나에게는 조절을 어긋나게 만드니까 NG.

베이비 브레스는 공격의 보조는 된다. 확실한 성능 향상을 기대할 수 있겠지.

그로우 업도 똑같지만, 이건 류가 일시적으로 성장해서 코코루처럼 NPC 취급이 되는 것 같다.

지금의 류는 적에게 공격을 받지 않는 특수한 취급이지만, 그게 아니게 된다는 거다. 평범하게 어그로도 끌 수 있고, HP도 있겠지.

이건 리스크도 있어서, 만약 커진 류가 격파되어 한동안 부활하지 못하게 된다면, 타깃 마커로 내 서클 마법을 이동시키는 일에 지장을 초래한다.

애초에 커지고 나서는 타깃 마커가 무효화되는— 그런 일도 있을지도 모른다.

그런 세세한 부분은 스스로 검증해서 확인해보지 않으면 모른다.

시스템 메시지의 설명이 너무 대강이라서 말이지.

세부 사항까지 명확하게 적으면 너무 길어질 거고, 검증해서 숨겨진 성능을 파악할 즐거움도 없어지니까 나는 딱히 이래도 상관없지만.

아무튼 그로우 업은 뭐, 괜찮기는 해도 디메리트가 있을지도 모른다는 거다.

그리고 『오토 채집 2』. 이건 순수하게 『오토 채집』의 강화판이라고 할 수 있다.

레벨이 올라간 동시에 사용하는 무기 소재도 비싸지고,

그걸 오의 한 방마다 파괴해서 없애버리는 일을 하는 나에게는 매우 큰 도움이 되겠지.

더 좋은 물건이라니 뭘 가져올까? 수고도 덜 수 있고, 스트레이트하게 다마스쿠스 소드 같은 걸 주워오면 좋겠는데 말이지.

지금의 『지팡이칼』에는 다마스쿠스 소드를 넣고 있으니까.

소재비가 정말 비싸니까, 조금이라도 러닝 코스트를 줄이는 데 도움이 된다면 고마울 거다.

—이거, 가장 갖고 싶은 건 『오토 채집 2』네. 일반적이었다면 아마 이걸 골랐을 거다.

그러나, 세상에는 때와 장소라는 게 있다.

어른의 세계에서는 이걸 종합적으로 판단해서…… 같은 말을 쓰는데, 아무튼 상황을 확실하게 파악해야만 한다.

지금 적 한가운데에 있고, 가까스로 발동한 『귀갑 가드』로 대미지를 줄이고는 있지만 반대로 이 아츠의 성능 탓에 이동할 수가 없다.

이 효과(30초)가 끊어지면, 전방위에서 얻어맞는 게 확정인 거다.

이런 상황이라면— 누군가 도우미를 부를 수밖에 없겠지.

즉, 그로우 업이다. 성장해서 순수한 NPC로 변한 류 씨에게 옆에서 도와달라고 하자!

뭐, 이것도 이번 선택지에서는 두 번째로 흥미가 있었으니까, 오토 채집 2는 나중에 얻기로 하는 걸로!

"그로우 업으로 결정! 류! 바로 그로우 업이다! 힘을 빌려줘!"

"뀨뀨~! 커진다다다다~!"

류의 몸이 눈부시게 빛나기 시작했다!

"오오?!"

나만이 아니라 마물들도 그 광채에 시선을 빼앗겼다.

어쩜 이리도 신성한 빛일까. 반짝반짝한 오라가 나오고 있다.

그 빛 속에서, 실루엣만 보이던 류의 모습이—.

쭉쭉 커지고 있다!

나와 같은 수준— 아니, 그걸 넘어서서 2미터 전후 정도인가?

그래도 드래곤치고는 소형일지도 모르지만, 내 어깨나 머리에 올라가서 뀨~뀨~거리던 아까까지와 비하면 터무니없는 거대화다.

"히얏호오오오오오~~~~~~!"

커진 류는, 빛이 사라지고 입을 열자마자 크게 외쳤다.

—지금까지 들었던 류의 목소리가 아니다. 성장해서 중학생 정도의 목소리가 된 느낌이다.

"힘이 솟구치네YO~! 뭐든 할 수 있는 기분입니DA! 내 세상에 봄이 왔다는 말은 바로 이걸 말하는 거겠JYO!"

……아니, 뭐지? 뭔가 위화감이 있네.

"헬로, 마이 주인님 렌! 줄곧 이렇게 이야기를 나눠보고 싶었습니DA!"

"으, 으음……? 너 류 맞지?"

"예~스! 물론이JYO! 나는 렌을 위해서 커졌으니까YO!"

기쁜 듯이 말하고는 있는데…….

아니 뭐랄까, 허를 찔렸다고나 할까—.

뭐야, 그 일본어가 부자연스러운 외국인 말투.

에밀리보다도 외국인 같잖아. 왜 내 수호룡이 이렇게 된 거야……?

"그 말투는 뭐야……?"

"렌은 영어가 서투니까, 내가 자세히 가르쳐주려고 생각했었거든YO!"

"그, 그렇구나—."

내 약점을 보충해주려고 했다 그거야?

류는 류대로 나를 보고 성장했다는 건가—.

이대로 가면 류가 장래에는 이렇게 된다는 뜻이야?

지금은 일시적으로 커진 거지만, 설마 미래영겁 이대로 고정되지는 않겠지……?

아니 뭐, 그보다도 우선은 이 눈앞의 적을 어떻게 해야겠지!

말투는 마음에 걸리지만, 거대화한 류는 강해졌을 거다!

"류, 부탁한다! 여기 몰려있는 녀석들을 쓸어버려!"

"오케이, 마이 주인님! 적을 말살합니DA~! 하아아아아앗!"

류는 커진 몸을 흔들면서 내게 덤벼드는 몬스터 한 마리를 향해 팔을 들었다.

눈이 번뜩 빛나고, 살의의 파동으로 가득한 흉악한 표정이 되었다.

"퍼키이이이이잉!"

좌아아아악!

예리한 발톱이 데몬 나이트 한 마리를 가르면서 처치했다.

오오—?!

"퍼킹! 퍼킹! 퍼키이이이이이이잉!"

아니, 공격력은 굉장해. 공격력은 굉장한데—.

그 더러운 말투는 뭐야?! 나도 무슨 뜻인지 안다고!

"오케이, 포 퍼킹이네요 이 쓰레기들! 렌에게서 떨어지라고YO!"

아니, 커지고 나서 류가 어떤 캐릭터가 될지 상상해본 적은 있었다.

있기는 한데— 이건 자신감을 가지고 아니야! 예상 밖이라고!

"하~하하하하! 빈약 빈야아아악! 마치 쓰레기 같군YO! 아니, 마이 주인님을 괴롭히는 녀석은 진짜로 쓰레기입니~DA! 쓰레기는 소각 처분해줘야 겠지YO! 퍼키이이이이잉!"

커진 류가, 크게 웃으면서 불을 뿜었다.

후오오오오오오오오~~~~!

아까의 휴지 가고일을 월등히 능가하는 홍련의 불꽃이다.

"오오~~ 굉장해……!"

하지만 뭐, 집에도 대미지가 크긴 하다. 불꽃이니까.

"꼬꼬~! 집을 태우지 마라 꼬꼬! 때와 장소를 가려라 꼬꼬~!"

아까의 섀도 피닉스에게서 계속 도망치던 코코루가 항의의 목소리를 높였다.

"흥……!"

류가 콧김을 내뿜자, 코코루를 쫓던 섀도 피닉스가 날아가서 소멸했다.

"오오~, 사라졌다 꼬꼬! 나이스다 꼬꼬, 류!"

"말해두는데YO, 나에게 지시할 수 있는 건 렌뿐입니DA. 쫑알쫑알 늘어놓으면 네놈도 퍼킹할 겁니다만, ARE YOU OK? 먼지 한 톨 남지 않는다고YO? 포식해버릴 테니까YO."

"꼬꼬?! 뭔가 흉포해졌다 꼬꼬?! 너 역시 나를 먹으려고 하는 거였냐 꼬꼬?!"

"후후후…… 맛있어 보이는 치킨이네YO. 츄르릅입니DA."

"꼬꼬~?!"

"이봐, 농담이지? 먹지 말라고. 진짜로."

"렌이 그렇게 말한다면, 따르겠습니DA."

나에게는 절대복종이구나. 뭐, 내 수호룡이니까.

그나저나 이 녀석—.

힘은 꽤 대단하고, 지금 이런 상황에서 이건 기사회생의 한 수가 되기는 하지만—.

이렇게 퍼킹퍼킹 말하는 녀석을 데리고 돌아가도 될까?

우리 길드는 여성이 메인인데— 이런 걸 보면 분명 기겁할 거다!

이 녀석을 길러낸 내 인격도 의심받겠지.

게다가, 그 귀여운 류가 실은 이렇다는 걸 알았다가는—.

과연 여자아이들은 원래의 작은 류도 돌아가도 지금처럼 이 녀석을 귀여워해줄까…….

이거 위험하네. 류에게도 불행하고.

이건 그거다. 일행들에게는 보여주지 않는 게 좋겠다.

앞으로 내 행동에 따라서 어른 류의 성격도 변할지도 모른다.

한 번 이 녀석을 우리 여성진에게 보여줬다가는, 그 후에는 이 녀석에 대한 인상이 달라지고 말 테니까—.

좋아. 이 자리를 넘어서면 앞으로 아키라나 마에다나 야노 앞에서는 이 녀석은 봉인하기로 하자.

보여줘도 괜찮은 성격이 될 때까지는 보여주지 않고 몰래 검증하면서 성격 개선을 시도하는 게 좋겠다.

왠지 내가 영어가 서툰 것처럼 말하고 있었으니까, 제대로 영어 공부를 해볼까…….

그러면 적어도 퍼킹퍼킹 소리를 내뱉지는 않겠지.

좋아. 정해졌으면 이 퍼킹 스타일 류의 마지막 싸움이다.

여기서는 힘내보기로 할까—!

"뭐, 일단은. 코코루를 겁먹게 하는 건 그만두고 이쪽을 도와줘."

"알겠습니DA. 저 엄마 치킨을 포식하면 되는 거JYO?"

"아니아니, 기다려 기다려. 코코루의 엄마는 조종당하고 있을 뿐이니까. 저 목에 달린 목걸이를 부수거나 떼어내면 돼!"

"오케이입니DA! 렌은 쉬고 있으세YO! 내가 할 테니까YO!"

그렇게 말하고는 성큼성큼 마인이 빙의된 코코루의 엄마에게 다가갔다.

"꼬꼬~! 섀도 피닉스!"

다시 검은 불꽃 피닉스가 날아왔다.

그러나—.

"오~. 벌레가 날고 있네YO!"

찰싹! 류는 그걸 대충 후려쳐서 떨구고는 짓밟았다.

그러자 피닉스는 흔적도 없이 흩어져서 사라졌다.

아까도 코코루를 쫓던 걸 없애버리던데— 이 녀석 굉장하네!

불꽃에 절대 내성이라도 있는 건가? 아니면 그냥 스테이터스로 압도—?

아무튼, 단순에 형세가 역전됐다고 봐도 되겠지.

"후후후— 수호룡을 불태워 죽이는 건, 너무 과도한 기대였나 꼬꼬."

"그런 셈이지YO. 이게 진짜 YOU ARE 새대가리라는 거겠네YO. 각오하는 게 좋아YO!"

류가 마인 코코루 엄마에게 두꺼운 팔을 휘둘렀다.

상대는 그걸 옆으로 날아서 피했다. —그러나 곧장 몸을 튼 류의 꼬리가 그걸 붙잡았다. 몸을 빙그르르 휘감아서 구속한 거다.

"좋아, 잘한다!"

"그럼, 그 악취미 목걸이를 산산조각 내겠어YO!"

류가 목걸이를 꽉 붙잡았다.

"그대로 뜯어내!"

"오케이, 렌!"

좋아, 할 수 있어. —그렇게 생각한 직후였다!

부오오오오오옹!

검은 오라가 코코루의 엄마에서 류로 옮겨가 전신을 휘감았다.

응?! 뭔가 불길한 예감이—.

"크~크크큭. 좋아, 좋구나. 이쪽 몸이 강한 데다 조종하기 쉽군. 좋은 빙의체를 줘서 고맙다."

검은 오라에 휩싸인 류가 씨익 웃으며 말했다.

설마— 마인 벨드가 코코루의 엄마에서 류로 옮겨 탄 건가?!

게다가 말투도 멀쩡해졌어!

적에게 조종당해 타락해서 멀쩡해진다니 어떻게 된 거야!

"크크큭— 꽤 대단한 빙의체야. 조금 전까지의 새 여자보다도 다루기 쉽고, 그러면서도 강인하군! 이대로 이 나라를 석권하고, 공포의 마룡으로 두려움을 사는 것도 나쁘지 않겠어! 지금의 나라면 그것도 손쉬울 게 분명해!"

강탈당한 류가 쿠오오오오오오오옹! 하고 크게 포효를 내질렀다.

"훗—."

나는 무심코 웃고 말았다.

공포의 마룡이라고 하지만, 조종당하기 전이 어느 의미로는 훨씬 공포였단 말이지!

류 녀석, 다른 일행들이 보면 위험한 녀석이 되어버렸을 테니까.

아버지인 내 인격까지 의심받을 뻔했다고.

지금 마인 벨드의 조종을 받는 류는 평범한 악역 드래곤처럼 되어버려서 내가 상대하기 쉽다고나 할까—.

뭐, 강하긴 강하겠지만, 쓰러뜨리면 되잖아?!

일행들이 기겁한다든가, 냉담하게 바라본다든가, 그런 공포를 생각하지 않아도 되는 서나.

어느 의미로는 싸우기 쉽다—!

이제 류를 새끼 용 모습으로 되돌려서 구하고, 그 이후에는 그로우 업을 봉인하는 거다!

아까 그건 흑역사! 못 봤다! 나는 아무것도 못 봤어!

—이런 나의 내심을 알 리가 없는 상대는 얕보였다고 여긴 모양이다.

"뭐가 웃기지?!"

화가 난 듯하다.

두꺼운 꼬리로 콰아아아앙! 하고 바닥을 두드리며 위협해 왔다.

"아니. —지금의 네 쪽이 뭔가 멀쩡해 보이니까 어느 의미로는 안심했을 뿐이야."

"하하하하하…… 모르는 바는 아니다 꼬꼬. 류 녀석 뭔가 무시무시하게 변했었다 꼬꼬. 그 무서움은 노조미 오빠의 그것과 똑같은 종류의 무서움이었다 꼬꼬. 아키라네가 봤으면 분명 기겁했을 거다 꼬꼬."

"그래……. 그리고 그걸 길러낸 내 인격도 의심받겠지—."

"그렇겠다 꼬꼬."

"류를 구하고 어린 모습으로 되돌리면, 이제 그로우 업은 전면 봉인하겠어. 우리는 아무것도 못 본 거야. 알겠시? 코코루."

"오케이다 꼬꼬!"

우리는 서로 고개를 끄덕였다.

류를 강탈한 마인 벨드는 아직 분노가 잦아들지 않은 모습이다.

"무슨 영문 모를 소리를! 나는 심기가 상했다……! 이미 볼일이 끝난 이 새는 버릴까 했지만 마음이 변했다. 이렇게 해주마—!"

녀석은 바닥에 쓰러져 정신을 잃은 코코루의 엄마를 걷어차서 죽이려고 다리를 휘둘렀다.

"엄마! 그렇게 두진 않는다 꼬꼬!"

코코루가 튕기듯이 뛰쳐나갔다.

그리고 녀석이 엄마를 걷어차기 직전에 끼어들어서 몸을 방패로 삼아 자신이 걷어차였다!

"꼬끼오오오오오오~~?! 끄하아아아아악~~?!"

날아가서 맹렬한 스피드로 벽에 격돌!

단숨에 HP가 쭈우우욱 줄어서 빈사 상태가 되었다.

일격에 당하지 않은 것만으로도 다행이라 생각하자—.

하지만 류의 몸을 써서 그런지 굉장한 공격력이다.

잠깐 봤을 뿐이지만, 성장한 류는 강했으니까.

내가 보기에는 그럭저럭 강한 몬스터들을 쓰레기네YO~, 라면서 마구잡이로 쓰러뜨렸으니까.

"코코루! 용케 애썼어. 엄마는 무사해!"

나는 무사한 코코루의 엄마에게 달려가서 구출하며 말했다.

일단 안전한 방구석에 옮겨야겠지—.

"레, 렌! 엄마를 안전한 곳으로 데려가라 꼬꼬~! 그때까지는 내가 여기를 맡겠다 꼬꼬!"

"그래, 알았어!"

내 대답을 듣자, 코코루는 즉시 다음 몬스터를 소환했다.

"클레릭 버니! 와줘라 꼬꼬~!"

소환된 건 아일랜드 버니의 다른 색깔 계열 몬스터다.

그러나 이 녀석은 꽤 유능해서, 이름 그대로 회복마법을 쓸 수 있다.

등록하자마자 사용된 회복마법이 코코루의 HP를 회복시켰다.

"이 녀석에게 회복을 맡기고 버틴다 꼬꼬!"

코코루가 생각한 건, 자신이 앞으로 나서서 샌드백이 되면서 뒤에서 회복을 받으며 버틴다는 것이었다.

그러나—.

"가소롭다!"

검은 오라를 두른 류가 커다란 화염구를 뿜어냈다!

그게 일직선으로 클레릭 버니에게 날아갔다.

퍼퍼버어어어어엉!

착탄하자 불기둥이 치솟으면서— 클레릭 버니가 흔적도

없이 사라졌다!

"꺄아?! 바로 당했다 꼬꼬! 그곳을 노리다니 너무하다 꼬꼬!"

"흥—! 닥쳐라!"

……뭐, 지금 이건 어그로 관련을 생각하면 당연한가.

회복 어그로로 클레릭 버니가 타깃을 가져간 거니까.

마룡은 코코루에게 다가가서 몸을 틀어 맹렬한 기세로 꼬리로 타격해 날려버렸다.

"꼬끼오~~~?!"

코코루가 날아가서 우리 앞을 굴렀다.

HP도 다시 빈사 정도까지 줄어들었다.

"코코루! 괜찮아?!"

"괘, 괜찮지 않다 꼬꼬…… 다, 당장 죽을 것 같다 꼬꼬……!"

"좋아, 나와 바꾸자! 너는 물러나 있어. 회복은 아직 쓸 수 있어?"

"클레릭 버니는 이제 없다 꼬꼬~! 위험해졌다 꼬꼬……!"

"어쩔 수 없네…… 아무튼, 한 방 먹일 수밖에 없어."

"오의 말이냐 꼬꼬? 하지만 쓰러뜨릴 수 있을까 꼬꼬?"

"몰라. —저 녀석의 HP도 상상이 안 가니까. 어느 정도 대미지를 주고 바가 얼마나 줄었는지 관찰하면 대략적으로 추측할 수 있지만, 그것도 못 하고 있어—."

그렇다면, 지금 낼 수 있는 최대 딜을 먹일 수밖에 없다.

그게 저 녀석의 HP를 웃돌면 다행인 거지!

호무라 선배에게 데스 채리엇 장비 정보를 건네고 얻은 『매의 극광석』을 쓸 때가 왔구나!

원래는 『하데스 로즈』 대책으로 쓸 작정이었지만, 결국 쓰지 않는 방침으로 변했다.

그걸 여기서 살릴 수 있다면, 주저하지 않고 써야겠지!

『매의 극광석』을 다마스쿠스 소드와 합성해서 2회 공격이 가능한 『매의 다마스쿠스 소드』가 되었다.

그리고, 이걸 다마스쿠스 스틱과 합성하면 『매의 다마스쿠스 소드』가 안에 들어간 지팡이칼이 완성된다.

이 지팡이칼로 쏘는 오의는 2회 공격, 즉 대미지가 두 배가 된다.

그야말로 히든카드로 쓰기에 어울리는 최고의 지팡이칼이지만, 지팡이칼 자체는 OEX 속성이다.

O는 하나밖에 들 수 없다, EX는 타인에게 넘길 수 없다는 뜻이다.

즉, 한 번 지팡이칼로 만들어버리면 잠깐 놓고 다른 1회 공격 지팡이칼로 오의를 쓴다. —그런 세련된 일이 불가능하다.

한 번 만들면 마지막, 다음에 오의를 날리면 부서질 뿐이다.

지금 아이템 박스 안에는 『매의 다마스쿠스 소드』까지만 되어있지만—.

그래도, 괜찮겠지! 여기서 쓰자!

"레, 렌— 괜찮은 거냐 꼬꼬? 잘 모르겠지만 벼락치기로 해결하려는 것 아니냐 꼬꼬?"

"그렇지. —아무래도 탐색해볼 여유는 없어 보이니까—."

검은 오라에 휘감긴 어른 류는 바로 눈앞까지 다가와 있다.

저쪽은 이미 죽일 생각이 넘친다. 이럴 때 나는 돌파구를 찾는 시간을 벌기 위해 디어질 서클의 둔화 효과를 써서 도망치며 낌새를 살피지만—.

그걸 하려면 내 이동과 동시에 서클도 움직여야만 한다.

그걸 가능하게 해주는 건 작은 류가 가진 스킬『타깃 마커』다.

류가 강탈당한 이상, 그것도 무리인 거다.

꽤 류에게 의존하는 전법이 많단 말이지—.

"그, 그럼 안 된다 꼬꼬! 렌답지 않다 꼬꼬~! 기세에 몸을 맡기는 것처럼 보여도 확실히 생각하는 게 렌다운 거다 꼬꼬! 이건 내가 어떻게든—."

"아니, 그래도 너도 상당히 대미지를 입었잖아……!"

"하지만 꼬꼬—!"

"그래. 렌 씨의 말이 맞단다 꼬꼬. 코코루는 쉬고 있으렴 꼬꼬."

그 목소리는, 나도 코코루도 아니었다.

코코루의 엄마다. 눈을 뜬 건가.

"어, 엄마! 괜찮은 거냐 꼬꼬?!"

"그래. 폐를 끼쳐서 미안하구나 꼬꼬. 렌 씨, 코코루. 사과의 뜻으로 내가 어떻게든 해주겠다 꼬꼬."

그렇게 말한 코코루의 엄마가 우리 앞에 섰다.

"에엑?! 조금 위험한데요?!"

그러나 코코루의 엄마는 여유로워 보였다.

"괜찮다 꼬꼬. 이래 봬도 결혼해서 코코루가 태어나기 전에는 남편의 보디가드를 하고 있었단다 꼬꼬."

"그, 그야 엄마는 옛날에 엄청 강했다고 아빠한테 듣기는 했다 꼬꼬. 코케족은 물론이고 조인종(버드맨) 내에서도 최강이었다고……."

"정말이야?!"

"아, 아니, 나도 아빠가 이야기를 과장했다고 생각했는데 꼬꼬……."

"우후후후. 나는 아직 현역이란다 꼬꼬. 렌 씨, 내가 돌파구를 열겠다 꼬꼬. 잘 봐줬으면 좋겠다 꼬꼬."

괘, 괜찮을까―? 이거 맡겨도 될까?!

아니, 그래도 확실히 조금이라도 대미지를 준다면 저 녀석의 HP를 대략적이나마 알 수 있으니까 큰 도움이기는 하지만―.

"그, 그래도……!"

아까 클레릭 버니처럼 바로 소멸해버리면 무서운데?!

아니, 이 한정 퀘스트에서 도중에 코코루나 엄마가 당하면 어떻게 되지?! 부활할 수 있을까? 이벤트 분기로 두 번 다시 돌아오지 못하게 된다면—?!

아무리 그래도 꿈자리가 사나워진다고. 어쩌지?!

"걱정할 것 없단다. —하아아아앗!"

코코루의 엄마가 기합을 넣자, 그 몸이 황금의 오라에 감싸였다!

마치 몸이 전부 금색이 되어버린 듯하다—!

퍼어어어어어엉!

해방된 기 같은 것이 충격을 발하며 건물 전체가 우르르 흔들렸다.

"오, 오오……?!"

뭐야 이거, 뭔가 굉장하잖아!

저 둥그스름한 코케족 보디에서 어마어마한 위압감이 느껴진다!

"렌 씨. 잘 보고— 작전을 생각해줘라 꼬꼬."

"아, 알겠습니다……!"

박력이 넘쳐서 나도 모르게 수긍해버렸다.

레벨이나 HP 수치는 보이지 않지만, 뭔가 굉장한 게 느껴진다.

"흥! 뻔히 보이는 허세지—! 먹어라!"

마인 벨드는 블레이징 봄의 자세!

아, 아까 클레릭 버니를 일격에 소멸시킨 그건가—!

"엄마, 위험하다 꼬꼬!"

"괜찮단다. 보고 있으렴 꼬꼬."

코코루의 엄마는 여전히 움직이지 않는다.

둥그스름하고 유머러스한 코케족의 외모면서도 말투나 목소리 분위기는 기품 있는 마담 같고, 그건 지금도 무너지지 않고 있다.

퍼버어어어어어엉!

화염구가 직격해서 커다란 불기둥이 치솟았다—!

코코루 엄마의 모습은 새빨간 불꽃 속으로 사라졌다.

"우, 우왓……! 직격했다……?!"

"어, 엄마아아아아아아아아?!"

코코루의 비명이 솟구쳤다.

그러나—!

"우후후후. 코코루, 너무 크게 외치면, 렌 씨가 놀라잖니?"

불꽃 속에서, 대단히 침착한 마담 보이스가 돌아왔다.

불꽃이 사라진 뒤— 오라에 감싸인 코코루의 엄마는 태연하게 서 있었다.

"굉장해! 엄마 무사했다 꼬꼬!"

"심두멸각(心頭滅却)이면 불조차 서늘하다, 란다. 이런 건 안 통하지."

"……."

무슨 논리야—?!

아니, 하지만 나는 조금 전까지 마인 벨드와 했던 대화가 떠올랐다.

기생하는 몸을 코코루의 엄마에서 류로 바꿨을 때, 류 쪽이 조종하기 쉽다고 했었지……? 이쪽이 힘을 더 낼 수 있다고—.

나는 그걸 코코루의 엄마가 약해서 그렇다고 해석했지만, 다르게 볼 수 있을지도 모른다.

즉, 코코루의 엄마가 너무 강해서 저 녀석도 잘 조종하지 못했던 거다.

코코루의 엄마를 조종하던 때는 꼬꼬 말투였지만, 류에게 옮겨가자 사이비 외국인 말투가 아니라 멀쩡해졌으니까.

그건 즉, 이 녀석의 힘이 미치지 못한 부분이 있었다는 거다.

그럼— 이건 맡겨도 되는 걸까?!

코코루의 엄마는 코케족 특유의 아장아장 걸음으로 벨드에게 다가갔다.

"네, 네 녀석—! 잘도—!"

"그건 내가 할 말이란다 꼬꼬. 용케 저질렀구나 꼬꼬. 용서할 수 없단다 꼬꼬."

가까이 접근하자, 코코루의 엄마가 스윽 자세를 잡았다.
코케족의 짧은 팔다리라면 자세도 좀 엉성해지지만—.
정말이지 전혀 강해 보이지 않는데도— 어째서인지 이질적인 박력이 있다.
"죽어라아아아!"
거대하고 예리한 발톱이 떨어진다!
"그렇게는 안 되지 꼬꼬!"

파시이이잉!

"앗?! 받아냈다 꼬꼬!"
"굉장해—!"

마인 벨드는 공격. 마미루는 공격을 가드했다!

오오, 완전히 가드했어!
그보다, 이름은 마미루 씨였구나—!
하지만 그것만이 아니어서, 코코루의 엄마는 일격을 받아낸 뒤에 그걸 옆으로 밀어내 힘을 틀어 상대의 자세를 무너뜨렸다.
"으으윽—!"
"지금이네 꼬꼬—!"

번뜩! 마미루 씨의 눈이 빛났다.

몸이 적에게 밀착할 정도로 파고들었다.

그리고 어깨나 등인지 모를 동그란 부분을 상대의 옆구리에 겨눴다.

거기서 그대로, 엄청난 기세로 도약했다.

콰아아앙! 폭발하는 듯한 소리가 났다.

탄환처럼 솟아오른 마미루 씨의 몸통박치기가 마인 벨드에게 꽂혔다.

그리고, 그 거구가 「기역자」로 꺾이면서 후방으로 날아갔다!

"크어어어어어억~~?!"

콰아아아아앙!

그것은 벽에 부딪혀서 구멍이 뚫리는 소리였다.

무시무시한 위력의 몸통박치기가 커진 수호룡의 몸을 날려버렸다!

"오오오오오오~~?! 엄마 굉장하다 꼬꼬!"

"여, 역시 그런 건가—!"

마미루 씨가 너무 강해서, 벨드가 잘 조종하지 못했다는 가설!

그게 정답이었던 건가……?!

마미루의 철산고가 발동. 마인 벨드에 6888의 대미지!

이 위력은 뭐야?! 돈도 안 쓰는 몸통박치기 한 방에 이런 대미지라고?!

"으그으으으으윽~~."

마인 벨드는 벽에 처박혀서 신음했다.

대 대미지를 맞아서 바로 움직이지 못하게 된 모양이다.

지금의 이건 일시적으로 움직임을 막는 효과라도 있는 건가?

"결혼해서 가정으로 들어와, 이제 이 주먹은 두 번 다시 쓰지 않겠다고 생각했지만 꼬꼬. ―권성(拳聖)의 피는 투쟁을 끌어들이는 건가 보네 꼬꼬……."

마미루 씨는 뭔가 잘 모르겠지만 심오한 배경이 있어 보이는 느낌으로 중얼거렸다.

뭐, 그건 넘어가고― 강해~~!

철산고라면 그거잖아? 격겜 같은 데서 굉장히 유명한 그 거지?!

이 게임에도 있구나!

이거 분명 아츠 계통으로는 격투·몸통박치기겠지?!

몸통박치기 아츠를 오의로 습득할 수 없을까?!

금색으로 번쩍이는 최강 언데드 데들리 킹 씨는 붉은 재앙의 오의서 같은 걸 가지고 있었으니까, 마미루 씨도 철산고의 오의서나 극의서를 가지고 있지 않을까?!

쓰러뜨리면 드롭되나?! 아니, 아무리 그래도 쓰러뜨리는 건— 그래도 익히고 싶어!

이 위력과 로망포의 컬래버를 보고 싶은데! 어떻게 안 될까?!

"렌 씨. 왜 그러니? 무슨 문제라도—?"

마미루 씨가 나를 돌아봤다.

"아, 아아— 그게 말이죠……!"

녀석의 HP 바를 주목!

HP가 4할 정도 줄어든 느낌이다.

이걸로 남은 HP를 추측해보면, 대략 1만 정도인가?

그럼, 『매의 다마스쿠스 소드』를 넣은 오의로 일격필살할 수 있는 범위인가……?!

그 『하데스 로즈』처럼 잡몹을 마구마구 낳는 것도 아니니까, 아마 이 녀석이 더 싸우기 쉽겠지!

"오랜만에 전력을 내서 조금 몸이 아프네 꼬꼬. 뒷일을 부탁해도 될까 꼬꼬?"

"알겠습니다—!"

그럼 가볼까—!

나는 곧바로 『매의 다마스쿠스 소드』를 합성해서 지팡이 칼을 생성했다.

"류는 돌려받겠어! 원래의 귀여운 모습으로 말이지!"

그리고, 오의 『주작일섬』을 발동시키려고 자세를 잡았다.

아니, 2회 공격 지팡이칼을 썼을 때 『데드 엔드』가 『데드 엔드 V』가 된 것처럼 『주작일섬』은 『주작쌍인섬(朱雀雙刃閃)』이 된 것 같지만—.

자, 봐라! 역대 최강의 오의를!

"먹어라! 『주작쌍인섬』!"

그러나—.

AP가 부족해서 오의를 발동하지 못했다!

이런 메시지가! 어?! 무슨 소리야?!

『주작일섬』은 『턴 오버』, 『폭염 태클』, 『발도술』로 발동하는 오의다.

이 세 개 중 『턴 오버』는 그저 HP와 MP를 바꾸기만 하는 스킬이고, AP는 필요 없다.

『발도술』은 AP 소비가 0인 아츠다.

『폭염 태클』은 격투·몸통박치기 아츠라 소비 AP는 75.

즉, 『주작일섬』은 AP가 75 필요하고, 나는 전초전에서 AP를 꽤 많이 쌓아놨을 텐데—.

잘 보니 지금 있는 AP는 20이었다.

어라? —이렇게 줄어들었다니.

아, 또 줄었다! 이번에는 10이 되었잖아!

"어, 어떻게 된 거야—?!"

아니, 하지만 지금은 그것보다도 마인 벨드를 처치해야지!

뭔지는 모르겠지만 AP가 부족해서 『주작쌍인섬』을 쏘지 못한다면, 『데드 엔드 V』가 있다!

그거라면 AP 소비는 0이다!

나는 달려서 벨드와의 거리를 좁혔다.

『주작쌍인섬』은 꽤 전방으로 이동해서 베는 오의이기에 멀리서 쏘려고 했었다.

그러나 그사이에, 상대방도 가만히 당하기를 기다리고 있던 건 아니다.

"으가아아아악! 네 이놈—! 이런 동그란 닭고기에게 이런 힘이……!"

녀석은 벽을 부수면서 일어나 핏발선 눈으로 마미루 씨를 노려봤다.

"강함을 알아보는 것도 강함 중 하나— 당신도 아직 미숙하다는 거지 꼬꼬."

……저도 그랬습니다. 죄송합니다!

그건 접어두고, 마무리는 내가!

선불리 HP 회복 같은 것을 하지 않을 때 결판을 내겠어!

"네 상대는 나다! 그 몸은 우리 아이 거니까! 돌려받아야겠어!"

"흥! 프로이로 싸울 때 네 수법은 파악했다! 오의가 닿지 않는 곳으로 물러나 체력을 회복하기로 할까!"

그렇게 말하고는 날개를 확 펼쳤다. 아, 이 녀석 도망칠 셈이냐!

이러면 위험한데—! 체력이 회복되면 내 오의 한 방으로 쓰러뜨리지 못하게 된다.

어디까지나 마미루 씨가 깎은 뒤에 남은 HP가 일격으로 쓰러뜨릴 수 있는 양일 뿐이니까.

성장한 류의 거구가 두둥실 공중에 떠올랐다.

AP가 부족하기에, 성장 상태를 유지할 수 없습니다.

그로우 업이 해제됩니다.

"우왓?!"

갑자기 나온 시스템 메시지.

동시에 마인 벨드에게 조종당하던 류의 몸이 빛나며 작아졌다.

목에 감고 있던 흑수정 목걸이도 떨어져서 원래의 귀여운 류와 목걸이가 제각각 바닥에 떨어졌다.

"도, 돌아갔다……?!"

게다가 그 메시지— 그렇다면!

"그래. 조종당하는 동안에도 내가 그로우 업을 쓰고 있는 취급이었구나……!"

그리고 그로우 업은 발동 시의 소비 AP가 200이고, 거기에 상태 유지용 AP도 필요했다.

『주작쌍인섬』을 쏘지 못했던 것도 눈치채지 못한 사이 AP가 줄어들고 있었기 때문이다!

그로우 업의 성능은 소비 AP가 200이고 효과 시간 900초라고 적혀있었는데, 발동 후 AP가 계속 하락해서 그걸 지불하지 못하면 그 시점에서 그로우 업이 끊어지는 건가.

과연, 풀로 유지하려면 나도 AP를 계속 벌어야 하는 셈이다.

확실히 성장한 류는 퍼킹 자식이었지만 강했으니까. 그 정도의 제한은 있는 게 당연한가.

게다가, 지금 스킬칸에서 확인했는데 그로우 업의 재사용 시간은 한 시간 같다.

한 시간에 15분만 쓸 수 있는 보너스 타임(AP 하락 첨부)인 건가.

확실히 편리하지만, 과하게 강하지는 않게 조절되어 있네.

—이러면 봉인해도 그렇게 아깝지 않다!

너무 성능이 셌다면, 아무리 퍼킹 자식이라도 의지하고 싶어질 테니까!

아무튼 내 AP가 떨어져서 그로우 업이 해제되어 몸이 줄어든 탓에 흑수정 목걸이도 떨어졌다.

즉—.

"아니, 이거 오의 필요 없어졌잖아?! 모처럼 『매의 다마스쿠스 소드』를 투입했는데!"

오의를 쓰지 못하면 다음 지팡이칼을 못 만든다고?!

하지만 잔챙이한테 쓰는 것도 아까운데, 어쩌지!

"하하하하. 그래도 정리된 것 같으니까 다행이다 꼬꼬~! 류도 무사한 모양이고 꼬꼬."

"아, 뭐 그렇긴 하지."

"뀨~?"

정신을 차린 류는 원래의 귀여운 수호룡으로 돌아와 두리번거렸다.

"류. 여기여기. 이리 와~."

"뀨~! 렌~!"

"옳~지옳지. 너는 이쪽이 좋은 것 같아."

"맞다 꼬꼬. 그렇게 될 바에는 가끔 머리를 깨무는 것 정도는 용서해준다 꼬꼬~."

"코코루. 커졌을 때의 일은 아키라네한테는 비밀이야. 그로우 업도 말이지. 없었던 일로 하자. 섣불리 말했다가는 보여달라고 할 거고, 보여주면 내 인격까지 의심받을 테니까."

"오케이다 꼬꼬. 확실히 그걸 보면 여자아이들은 기겁할 거다 꼬꼬."

"그래. 알아줘서 고마워."

그런 이야기를 나누던 우리에게 마미루 씨가 말을 건넸다.

"코코루, 렌 씨. 아직이란다 꼬꼬. 저 흑수정 목걸이, 완전히 파괴하자 꼬꼬."

그렇게 말하며 바닥에 떨어진 목걸이를 가리켰다.

"그래야겠죠…… 그럼 제가! 화려하게 가볼까! 『데드 엔드 V』!"

서걱서거어어어어어어억!

보라색 빛에 휩싸인 검격이 V자로 내달린다!

이 자식, 쓸데없이 쓰게 만들기는!

슬픔을 담은 나의 2연격은 흑수정 목걸이를 산산이 파괴해버렸다!

잘 됐군 잘 됐어!

오오오오오……!

내 혼신의 『데드 엔드 V』(헛수고)를 맞은 흑수정 목걸이는 그대로 산산조각 부서졌다.

아련한 단말마 같은 게 울리면서, 검고 반짝반짝한 입자가 흩날리더니 이윽고 사라졌다.

"마지막에 『매의 극광석』을 쓸 의미가 있었는지 의문이지만— 뭐, 이걸로 끝난 건가?"

타이밍이 너무 안 좋았어.

『매의 극광석』을 써야 일격에 해결할 수 있는 상황인 줄 알았는데, 내 AP 하락으로 류의 그로우 업이 풀릴 줄이야……!

뭐, 어쩔 수 없지만, 아아아아아아아까워!

"코코루, 렌 씨. 이제 걱정할 것 없단다 꼬꼬. 도와줘서 고맙다 꼬꼬. 그런 것에 조종을 당할 줄이야. ―나도 참, 완전히 전업주부에 익숙해진 모양이다 꼬꼬."

"원래대로 돌아와서 다행이다 꼬꼬! 렌 덕분이다 꼬꼬! 고맙다 꼬꼬!"

"아니…… 뭐랄까, 불완전 연소 같은 느낌이 있기는 한데 말이지~. 마지막에 그로우 업의 효과가 끊어져서 끝나다니……."

뭐, 마인 벨드가 빙의를 갈아탈 수 있는 강한 녀석을 데려온 건 나의 파인 플레이였나?

확실히 성장한 류는 강했다. 성격이 고쳐질 때까지는 쓰지 않을 거지만.

"렌 씨에게 또 신세를 지다니…… 코코루를 어엿하게 만들어준 감사도 아직 하지 못했는데. 이번에야말로 뭔가 답례를 해야겠네 꼬꼬."

"그거 좋다 꼬꼬!"

"아뇨, 저는 딱히― 이렇게 말할 줄 알았나요?! 감사히 받겠습니다! 가능하면 꼭 필요한 게 있어서요!"

그렇다. 그거다 그거! 그게 아니었다면 아뇨, 저는 딱히― 이런 그윽한 어필을 하는 게 사람의 길이라는 것이겠지만, 너무나 원하는 게 있으니 달려들지 않을 수 없다.

"어머? 그럼 뭐든 말해주렴 꼬꼬."

"분명 돈이다 꼬꼬! 렌은 항상 돈을 방출하면서 싸운다 꼬꼬! 받을 수 있는 건 받는 게 좋다 꼬꼬!"

"아니, 돈을 던지며 싸우는 건 사실이지만 이번에는 아니야! 마미루 씨! 아까 썼던 『철산고』라는 걸 저도 쓸 수 없을까요?! 오의서라든가 극의서 같은 게 없을까요?!"

그건 강력했으니까!

그냥 마미루 씨의 스테이터스가 높아서 그런 걸지도 모르지만, 그래도 내가 가진 격투·몸통박치기 아츠와는 일선을 긋는 위력이겠지.

그리고 그걸 내 오의에 조합한다면— 로망포의 딜이 더 늘어난다!

이미 아키라 일행이 다른 전략으로 쓰러뜨렸을지도 모르지만, 하데스 로즈를 공략하기 부족했던 딜 기준까지 도달할지도 모른다!

그걸 보게 되었으니 달려들지 않을 수 없는 거다. 원해, 원해, 진짜 원한다고.

"어머, 그것 말이구나 꼬꼬……."

"부탁합니다 부탁합니다 부탁합니다! 제발요!"

나는 넙죽! 하고 엎드려 절까지 했다.

로망포의 딜 향상을 위해서라면 절이든 뭐든 해주겠어.

"저런, 그만두렴 렌 씨. 그래 꼬꼬. —원래는 외부에 공개해서는 안 되는 기술이지만 꼬꼬…… 코코루는 다룰 수 없으니까 어떻게 해야 할지 고민했었난다 꼬꼬."

"뭐…… 나는 적을 공격할 수 없으니까 꼬꼬 ."

『벼룩의 심장』이 있으니 말이지. 모든 행동에서 적을 향한 공격에 대미지를 주지 못하는 저주와도 같은 스킬이다.

그러나 코코루 본체가 직접 싸우는 게 아니라 고용한 몬스터를 사역해서 간접적으로 싸울 수는 있게 되었다.

"그렇다면— 내가 할 수 없었던, 코코루를 어엿하게 길러 내준 당신에게 넘기는 것도 좋겠네 꼬꼬—."

"맞다 꼬꼬! 렌이라면 분명 잘 써줄 거다 꼬꼬!"

"오오……! 진짜입니까, 감사합니다!"

역시 있겠지! 오의서라든가 극의서! 달려들어서 다행이다!

나이스한 한정 퀘스트였네! 생각해보면 길드 대항 미션에서 코코루를 지명해서 다행이야!

마미루 씨가 나에게 뭔가 움직임 도해 같은 것이 그려진 두루마리를 줬다.

렌은 철산고의 극의서를 손에 넣었다.

격투·몸통박치기 아츠 철산고(임시)가 사용 가능하게 되었다!

왔다! 익혔어 익혔어! 이걸로 내 시대가 온다……!

근데 이 (임시)는 뭐야?

"하지만 조심하렴 꼬꼬. 익숙하지 않을 때는 당신의 몸에 들어오는 대미지도 크니까 꼬꼬. 몇 번이고 사용해서 익숙해질 수밖에 없단다 꼬꼬."

"그렇군요……."

즉, 아직 본래의 성능이 아닌 임시 면허라서 (임시) 표기가 나온 건가?

계속 사용하면 (임시)가 떨어져서 본래의 성능이 나오게 된다. —그거겠지.

어디어디, 지금은 어떻지?

철산고(임시) (소비 AP 200, 사용 후 남은 HP 1)

〈효과〉 격투·몸통박치기술. 등을 사용한 몸통박치기.

위력 극대, 1회 공격.

아직 기술을 완전히 자신의 것으로 삼지 못했기에, 몸에 부담도 크다.

"사용 후 남은 HP 1?! 과연, 이게 임시 면허 효과……."

"우와아…… 쓰면 거의 전투 불능이다 꼬꼬."

"응. 익숙하지 않을 때는 그렇다 꼬꼬. 다루기 힘들겠지만 수련을 거듭해서 자신의 것으로 삼으렴 꼬꼬."

코코루와 마미루 씨는 격려 모드지만, 터무니없지!

"어쩜 이리도 근사한 효과인지……! 이건 굉장해! 굉장하다고!"

"꼬꼬? 왜 그러나 꼬꼬? 렌."

“그야, 이제까지 했던 광범위 서클로 MP를 버리고 턴 오버를 걸어서 HP를 조절하는 작업을 할 필요가 없게 됐잖아! 오의에 턴 오버를 넣지 않고 철산고(임시)를 넣어두면 HP 조절이 가능하다는 거야! 스킬 체인에서 세 종류를 전부 대미지계 아츠로 넣을 수 있어! 분명 일찍이 없었던 위력의 오의가 될 거야! 후후후후후— 크크크크!”

“렌 씨에게는 디메리트도 메리트가 된다는 거니 꼬꼬?”

마이너스와 마이너스를 곱하면 플러스가 되는 게 마개조의 묘미라 할 수 있지!

이건 아무래도 그 본래의 매력을 실현할 수 있게 되지 않을까!

(임시)가 떨어지면 사용 후 남은 HP 1이 없어질 것 같은 게 아쉽지만—.

이 한정된 (임시) 기간을 유용하게 활용해야겠어!

“네, 맞아요! 그럼 저는 바로 시험하러 가야 해서 이만! 감사합니다!”

(임시)가 사라지지 않게, 쓰는 횟수는 최저한으로 해야겠지만 아무튼 검증이다!

나는 달려서 코코루의 친가 저택을 나섰다!

제 6 장 역습의 로망포

"후우…… 좋은 검증이었어—."

코코루의 엄마 마미루 씨, 아니 마미루 스승님에게 배운 철산고(임시)의 검증을 마친 나는 무척 만족하며 이세계 사마르의 해상 코티지로 돌아왔다.

아까 혼자 수상 코티지를 나섰을 때의 시무룩한 느낌은 완전히 날아갔고, 기분이 상쾌하다.

나는 파워 업해서 돌아왔다고!

참고로 검증 시간은 그렇게 필요 없었다. 그보다 많이 들일 수가 없었다.

너무 많이 쓰면 철산고(임시)에만 붙는 성능, 사용 후 남은 HP 1이 없어질 수도 있으니까.

많이 써서 (임시)가 떨어지면 사용 후 남은 HP 1이 없어지고, 오히려 약체화된단 말이지.

원래는 좀 더 시간을 들여서 구석구석까지 성능을 검증하고 싶지만, 쏘는 횟수는 최저한에 그쳐야 했다.

자, 아키라 일행은 이제 돌아왔을까—?

"다녀왔어~."

거실로 들어가자, 아키라 일행은 이미 돌아와서 뭔가 피곤한 듯 축 늘어져 있었다.

"아, 렌…… 어서 와."

"그래. 다들 수고했어! 근데, 어땠어? 『하데스 로즈』는 쓰러뜨렸어?"

우리, 아니 『어즈워스 해저 유적군』을 공략하던 모든 파티를 가로막는 벽이다.

내버려 두면 점점 잡몹을 불러내고, 공격을 가해도 카운터로 잡몹을 불러내고, 게다가 불러낸 잡몹이 공격한 대미지로 본체가 회복하는 흉악한 보스다.

『어즈워스 해저 유적군』이라는 시간 제한제 던전에서 그 성능은 클리어를 더욱 곤란하게 만든다.

종합해서, 이 게임에서 마주한 적 중에서 제일 강하다고 봐도 된다.

아키라 일행은 시즈쿠 씨에게 받은 『초급 전이석』을 투입해서 던전 체류 시간을 두 시간까지 확보해 공략에 임했다.

『하데스 로즈』가 불러내는 잡졸이 고갈될 때까지 사냥한다는 작전이었다.

그렇게나 펑펑 만들어내고 있으니까, 종합적으로 내보낼 수 있는 숫자에 한계가 있는 게 아닐까 하는 추측에 근거한 작전이었다.

"미안~ 무리였어~."

아키라가 시무룩하게 어깨를 떨궜다.

"오오오오?! 진짜로?!"

"진짜야! 우리가 열심히 『하데스 로즈』가 불러낸 『블랙 로즈』를 잡았는데— 전혀 멈추지 않았어……."

"『하데스 로즈』에게 갈 때까지는 순조로웠어요. 남은 시간 1시간 45분에 도달했는데— 소환이 멈출 기색이 전혀 없더라고요."

아키라에 이어서 아카바네도 한숨을 내쉬었다.

"미안해, 타카시로. 아마 『블랙 로즈』를 생성할 수 있는 상한 같은 건 없지 않을까?"

"그렇다구. 그거 분명 무한 리스폰이야!"

마에다와 야노의 말대로다.

어쩌면 뭔가 잡몹 출현을 막는 조건이 있다거나?

"아니면, 우리가 좀 더 빨리 대량으로 적을 쓰러뜨렸다면 멈췄을지도 모르지만— 그래도 상당히 서두른 편이다. 다들 열심히 애썼으니까 말이지."

"그렇다니까…… 진짜 지쳤어. 논스톱으로 계속 서둘러 사냥했으니까……."

피로의 기색이 안 보이는 시즈쿠 씨에, 헤실헤실한 카타오카.

시즈쿠 씨는 터프하네~. 다들 피곤해하고 있는데 혼자 멀쩡하다.

아무튼, 그저 잡몹만 계속 사냥해서는 출현이 멈추지 않는다는 정보는 얻었나—.

이건 이것대로 하나의 공략 정보다. 이런 게 쌓이면서 공략법이라는 게 확립되는 거니까.

이런 모두의 노력을— 지금부터 헛수고로 만들겠어! 전혀 다른 공략법으로 말이지!

"그래그래. —그 녀석, 제법이잖아!"

"렌, 왜 기뻐 보이는데……?"

아키라가 의아한 눈으로 나를 봤다.

"아니. —이런 일도 있을까 싶어서 다음 방법을 준비해놨으니까! 그게 빛을 보게 될 것 같아서 조금 텐션이 올라간 거지!"

"뭐어?! 또 뭐가 있었어?! 나, 『초급 전이석』이 히든카드라고 생각했었는데—."

"맞아요. 뭔가 굉장히 진지한 표정으로 우리를 보냈었잖아요?"

"그건 몇 시간 전의 나야! 게임 캐릭터니까 몇 시간 지나면 성장하는 거라고!"

주로 한정 퀘스트의 보수로 얻은 아츠라든가, 그런 걸로 말이지!

그건 정말로 좋은 한정 퀘스트였어—.

"우리가 없을 때, 무슨 일 있었어?"

"응. 잠깐 한정 퀘스트가 발생해서 코코루네 친가로 갔었는데, 거기서 파워 업하고 왔다고!"

"뀨~! 류, 파워 업했어~! 커져~!"

아, 이 녀석—!

코코루에게는 입막음을 했는데, 류가 스스로 말하다니.

"어?! 류가 커져? 저저저기, 전에 나왔던 그로우 업이라는 거 익힌 거야? 저기저기, 어떤 느낌이야? 보여줘 보여줘!"

그런 말을 하면 이렇게 되어버리잖아! 하지만 보여줄 수 없어, 얼버무린다!

그건 여자아이들에게 보여줘도 될 게 아니라고 판단했습니다. 자주 규제합니다!

"아니아니아니! 기분 탓 기분 탓. 이벤트에서 순간 그렇게 됐을 뿐이야. 아무것도 익히지 않았어!"

"흐~응? 정말로?"

"그럼, 정말이지 정말!"

"그럼 렌이 따로 뭔가 파워 업했다는 거?"

"그래그래! 마미루 사부님 덕분에, 내 오의도 다시 태어났어."

"마미루 사부님이라니?"

"코코루의 엄마. 엄청 세더라! 좋은 기술을 배웠어! 이걸로 나도 『하데스 로즈』와 싸울 수 있겠지. —그러니까, 한 번 더 『어즈워스 해저 유적군』으로 가자! 후후후후…… 이번에는 반드시 이기겠어! 각성한 나의 진심을 보여주지!"

"어?! 지금부터 또 간다고?!"

"우리는 조금 피곤한데요 ."

"그러게. 조금 휴식이 필요할지도……."

"타카시로와 달리 우리, 엄청 움직이고 왔거든!"

"그래, 알고 있어. 나도 좀 더 준비할 게 필요하니까. 잠깐 갔다 올 테니까, 다들 쉬고 있어! 그럼 간다!"

그렇게 나가려던 나를 아키라가 불러 세웠다.

"아, 잠깐 렌. 나도 같이 갈래!"

"쉬지 않아도 되겠어?"

"음~. 텐션이 올라가서 폭주할 것 같은 렌은 내가 똑바로 보고 있어야겠다— 싶어서?"

"괜찮을 텐데— 뭐, 그럼 갈까!"

이렇게 해서 나와 아키라는 수상 코티지를 나왔다.

출구에서 아키라가 싱글벙글 웃었다.

"평소의 렌으로 돌아왔네~. 기운이 나서 다행이야. 조금 안심했어."

왠지 굉장히 기뻐 보이는 얼굴이다.

◆◇◆

자, 우리가 향한 곳은 부유도시 티르나의 왕궁 구역이다.

평소에는 엄중하게 경비하고 있어서 뭔가 이벤트라도 없으면 들어갈 수 없지만, 우리는 길드 대항 미션에서 우승할 때 얻은 『원하는 아이템을 세 개 받을 수 있는 권리』가 남아 있어서 그걸 받으러 들어올 수 있었다.

그리고, 세 개 받을 수 있는 권리 중 하나는 동맹을 맺은 호무라 선배에게 양도했고, 또 하나는 코코루가 우리에게 놀러 오기 위한 이동용 아이템이 되었다.

그러므로 남은 건 하나—.

그리고, 그걸 『매의 극광석』으로 교환했습니다!

호무라 선배에게 받은 건 불행한 버튼의 착오로 인해 헛되이 소모되고 말았으니까!

어떻게든 하나 더 입수해야 하는 상황에서 아직 받을 수 있는 권리가 하나 남아 있던 게 다행이었다.

원래는 좀 더 다른 용도로 쓸 수도 있었지만, 가급적 신속하게 『하데스 로즈』를 공략할 수 있다면 이야기는 다르다.

다시 살 돈도 없거니와, 그걸 벌 시간도 없으니까!

아니, 돈이 없는 건 나 때문이지만…… 길드숍을 좀 더 뜯어고쳐서 막대한 돈을 벌고 싶지만 안 되겠지.

눈덩이처럼 늘어나는 로망포의 러닝 코스트를 따라가지 못하게 된다.

이번 일이 끝나면 생각해야겠지.

……그런고로, 『매의 극광석』을 얻은 우리는 왕궁 밖으로 나왔다.

"감사했습니다! 실례합니다~."

기분 좋게 문지기 NPC에게 인사하는 내 옆에서 아키라가 살짝 한숨을 내쉬었다.

"괜찮은 걸까…… 뭔가 더 괜찮은 용도가 있었을 텐데—."

"괜찮아! 마에다도 야노도 괜찮다고 했잖아?"

일단 마에다와 야노에게는 연락해서 제대로 이야기를 나눴다.

뭐, 뭐어, 딱히 상관없지 않을까? 그런 식의 반응이었지만. 다시 말해서 아키라와 비슷한 반응이었다는 뜻이다.

"이것만 있다면—『하데스 로즈』도 쓰러뜨릴 수 있어!"

"정말이야……? 또 헛수고가 되지 않을까?"

"어라? 뭔가 걱정거리라도?"

"그야, 아까『초급 전이석』을 써서 실패했으니까…… 또 실패하면 역시 좀 힘들지 않을까. 나는 익숙하니까 딱히 상관없지만."

음. 그런 말을 하면서 눈이 게슴츠레해지는 건 어째서지?

"으~음? 그럼 어째서 그런 표정을?"

"아니, 딱히 상관은 없지만, EF에서 실컷 검증에 어울려줬다가 결국 헛수고로 끝났던 패턴이 계속 이어졌을 때가 떠오르거든?"

"아아, 그렇구나. 그럴 때 화면 앞에서는 이런 표정이었던 건가……."

"그렇다니까~. 게임에서는 발을 구르는 모션이라든가 눈을 번쩍번쩍 빛내는 모션이라든가, 오우거 가면 장비를 써서 표현했었지."

"아~, 그랬었지. 우락부락 수인이니까 무서웠어 무서웠어."

"그런 것치고는……, 전혀 사양하지 않았던 것 같기도 하지만— 그건 지금도 똑같으려나."

"—뭐, 그렇지. 하나의 성공 뒤에는 열 번의 실패가 숨어 있는 법이야! 분개하고 있을 수만은 없습니다!"

"아니, 그게 말려든 사람한테 할 말이야?! 뭐, 상관없지만. 완전히 평소의 렌이네~. 아까는 죽을 것 같은 표정으로 우리만 공략 갔다 오라고 했었는데."

"훗…… 이런저런 일이 있었지만 나는 건강합니다!"

"그래그래. —정말이지, 갑자기 기운을 차려서 텐션을 따라가는 게 힘들지만…… 그래도, 다음에 끝내줘야 해? 너무 오래 찌릿찌릿한 것도 조금 싫으니까—."

"찌릿찌릿했어?"

"음~ 그게, 아까 렌답지 않은 느낌으로 배웅을 받고 나서, 다들 반드시 클리어해야 한다며 의욕을 내서 반대로 긴장했다고나 할까—."

"아~, 그렇구나……."

"하지만 그건, 애초에 나를 위해 『레인보우 가드』를 얻으려고 하던 거잖아? 뭔가 미안하구나 싶어서— 미안해. 다들 순수하게 즐겨야 하는데."

"이니이니, 그긴 그기지. 이기리가 자퇴하게 되면 더 싫으니까. 나만이 아니라 다들 그렇다고? 그러니까 진지하게 임하는 거야. 아이는 집안 사정을 선택할 수 없으니까, 아키라에게는 전혀 잘못이 없다고 생각해."

"후후후. 그렇게 말해주니까 기쁘네. 이게 끝나면 모두에게 뭔가 답례해야겠어."

"오~, 그럼 다들 집에 초대해주기라도 해봐. 분명 먹어본 적도 없는 맛있는 밥이 나올 거잖아? 요즘 여름방학이니까 카레나 소면이 많아서— 가끔은 뭔가 맛있는 걸 먹어야지!"

"에에에에에엑?! 현실의 우리 집에 흥미가 있어?! 와주는 거야?!"

"뭐, 뭐어— 민폐이긴 하겠지만."

"아, 아냐! 괜찮아! 그건 오히려 나에게는 포상…… 아, 아니. —아무튼, 그럼 이번 일이 끝나면 답례로 모두를 우리 집에 초대할게. 맛있는 걸 잔뜩 준비할 테니까!"

"오오! 근데 괜찮아?"

"괜찮아 괜찮아. 전혀 상관없어! 절대 안 된다고 말하지 못하게 할 테니까! 그럼 약속이야?"

"그래. 기대하고 있을게."

"응. 나야말로! 그럼 그렇게 정해졌으니 바로 『하데스 로즈』 사냥이지? 빨리 가자! 빨리빨리!"

아키라는 싱글벙글 웃으면서 내 손을 쭉쭉 잡아당겼다.

어느새 나보다 아키라가 더 의욕이 넘쳐나게 된 모양이다.

◆◇◆

그런고로 우리는 수상 코티지로 돌아가자마자 바로 『어즈워스 해저 유적군』으로 다시 향했다.

오늘도 그렇게 사람이 많지 않다.

『초급 전이석』을 확보하기 위해 게임 포장마차가 있는 축제 구역에 사람이 몰려있기 때문이다.

지금 여기에 있는 건, 뭔가 시도하고 싶은 작전을 가져온 공략반이나 『어즈워스 해저 유적군』 내부 던전에서 『상급 전이석』이나 『초급 전이석』을 모으려는 수집반 중 하나다.

뭐, 사실 『초급 전이석』을 가지고 있어도 잡몹 출현에 상한은 없어 보이니까 소용없지만 말이지.

다른 파티 중에서 시험해본 녀석이 있을지는 불명이지만, 실패했다고 해도 그 정보를 그리 간단히 공개하지는 않을 거다.

다른 파티를 돕는 공략 정보가 되어버리니까.

정보를 내놓는다면, 공략에 성공한 뒤다.

자기들이 『레인보우 가드』를 확보한 뒤에, 의기양양하게 공략 정보를 공개하는 거다.

……나도 의기양양한 표정 짓고 싶어! 그러면 문장술사의 지명도도 향상되겠지!

아무튼, 모종의 공략법을 찾으면 여기에도 사람이 늘어날 거다.

그 공략법을 베껴서 따라붙기 위해서다.

그게 없다는 건, 아직 『하데스 로즈』에서 막혀있다는 뜻.

좋아. 지금부터 1등으로 쓰러뜨리기로 하겠어!

참고로 멤버는 카타오카와 교대해서 나, 아키라, 마에다, 야노, 아카바네, 시즈쿠 씨다.

"마지막으로 『상급 전이석』이 딱 하나 남아 있어서 다행이야. 지금 게임 포장마차가 굉장히 붐비고 있으니까, 입수하려면 시간이 걸릴 것 같거든."

포장마차의 게임을 하이 스코어로 클리어하면 평범한 『전이석』의 두 배, 60분간 내부에 있을 수 있는 『상급 전이석』을 받을 수 있는데—.

지금은 각 길드의 방해 공작이 작렬하고 있어서 게임을 하려고만 해도 엄청 줄을 서야만 한다.

아무리 그래도 그럴 시간이 아깝다. 우물쭈물하는 사이 에밀리나 유키노 선배와 호무라 선배 팀에게 추월당하게 될 테니까.

"그러게. —여기서 끝내자!"

"타카시로. 승산은 있는 거지?"

"그럼, 물론이지! 뭐, 기대하고 있으라고!"

"기대하고 있을게. 그 『하데스 로즈』 열받으니까, 쓰러뜨리자구!"

“그러게요. 『초급 전이석』을 썼는데도 실패했으니까요. 조금 화가 나네요.”

“아무튼, 이런 승부는 이겨야겠지. 이길 수 있는 거라면, 기대하기로 할까.”

“넵! 맡겨주세요!”

그런 이야기를 나누면서 입구에 다가가자—.

““젠자아아아아아아아아아앙~~~~!””

유키노 선배와 호무라 선배였다.

대사까지 겹치면서, 뭔가 폭발한 듯이 달리고 있었다.

뭐야 뭐야? 앞으로 1밀리미터 정도까지 『하데스 로즈』를 깎았지만 아깝게도 패했다거나?

“선배! 무슨 소란인가요?”

“무슨 일이에요? 유키노 선배, 호무라 선배.”

“오?! 렌에 아키라냐. —무슨 일이고 자시고 간에! 이 망겜이……!”

“네가 잘못한 거잖아. 불평하기 전에 과거의 자신을 반성해야지.”

“뭐라 떠드는 건 너도 마찬가지잖아?!”

“정도가 달라! 나하고 너는 배 이상의 차이가 있다고!”

뭐야 뭐야? 무슨 일인데—?

“『하데스 로즈』에 뭔가 굉장한 기믹이……?!”

“아, 실은 말이지—.”

"아, 야 유키노! 떠들면 안 되잖아! 다들 경쟁하고 있으니까!"
"음…… 그, 그렇지. ―미안하다, 렌. 그렇게 됐다."
"아뇨, 어쩔 수 없죠. 당연하니까요."
"미안하네. 그저 하나만 말해두는데― 이건 너희가 생각하는 것보다 무서울지도 몰라―."
"괜찮습다……! 이쪽도 제대로 된 방법이 있으니까요!"
뭐, 우리와 선배들은 레벨이 다르니까 『하데스 로즈』도 레벨에 맞춰서 스테이터스나 행동이 달라지겠지.
어느 레벨대라도 비슷한 난이도가 되도록 조정하고 있을 테니까, 실제로 어느 레벨대가 제일 편한지는 잘 모르고, 검증도 불가능하다.
"힘내라, 렌! 그럼 우리는 돌아갈 테니까! 또 보자!"
"서둘러, 유키노! 빨리 집으로 돌아갈 거야!"
돌아가는 건가? 리벤지 매치 같은 건 안 하나.
이후에 뭔가 용건이라도 있나?
아무튼, 선배들을 배웅한 우리는 『어즈워스 해저 유적군』 돌입구로 향했다.
"안녕♪ 안에 들어가고 싶은 사람은 내 입에 『전이석』을 넣어줘♪"
애니 목소리로 말하는 사자 머리가 우리를 불렀다.
"『상급 전이석』으로 B71F까지 부탁해!"
자, 간다!

"네에♪ 그럼 잘 갔다 와~♪"

애니에 나올 법한 사자 머리 목소리를 들으면서 눈앞의 광경이 일그러졌다.

던전 내부로 워프하는 거다.

일그러진 시야가 원래대로 돌아오자, 그곳은 검푸른 돌로 구성된 유적 던전 안이었다.

자, B71F로 다시 돌아왔습니다!

『상급 전이석』 사용이라 제한 시간은 60분, 하데스 로즈는 B80F에 있으니까 거기까지는 평범하게 가야만 한다.

플로어마다 나오는 공략 과제를 클리어하지 못하면 전진할 수 없어서, 어떤 게 나오느냐에 따라서는 시간이 걸린다.

이상한 과제가 나오지 않으면 좋겠는데. 최악의 경우는 그게 있으니까. 몬스터 하우스.

몬스터가 대량으로 나와서 숫자의 폭력으로 두들겨 패는 그거다.

낮은 확률이지만, 그게 나오면 꽤 힘들어진다.

뭐, 입 밖으로 내뱉으면 정말로 나올 것 같으니까 건드리지 말자.

"자, 과제는 뭐냐?!"

딩동~. 게이트 해방 조건. 적 몬스터를 전멸시켜라!

오, 평범해! 좋아, 팍팍 쓰러뜨리자!

"좋아, 적 모아올게!"

야노가 『스프린트』를 발동해서 바로 내달렸다.

보는 대로, 일시적으로 다리가 빨라지는 스킬이다.

이걸로 적에게 쫓기면서 덮쳐오는 적을 일부러 끌어들여 모으는 거다.

이상적인 상황은, 이 플로어에 있는 몬스터를 전부 몬스터 트레인해서 끌고 다니는 거다.

매복하고 있다가 그걸 일거에 섬멸! 이런 수순이다.

나도 『디어질 서클』의 둔화 효과를 쓰면 몬스터 트레인을 끌고 다닐 수 있다.

그러나 이동 속도 자체는 일반 속도라 적의 다리를 느리게 해서 끌고 다니기에, 자신이 빨라져서 돌아오는 야노 쪽이 종합적으로는 시간이 적게 든다.

가장 적임은 야노이기에, 효율을 고려하면 맡기는 게 좋다.

"그럼 우리는 AP 모을게!"

"그래야겠죠!"

다른 일행은 가장 근처에 보이는 적에게 가서 팍팍 두들겨 패기 시작했다.

굳이 가까운 녀석은 남겨두고 간 야노는 잘 알고 있다.

다들 움직임이 빨라서, 뭐랄까 팀워크가 한층 좋아진 것 같다.

역시 아까까지 여기에 왔었으니까.

나는 코코루의 친가로 가서 퍼킹 자식이 되어버린 류라든가, 뭔가 터무니없이 강한 마미루 사부님이라든가, 여러 쇼킹한 걸 봤기 때문인지 순간 반응이 늦어지고 말았다.

나도 최선을 다해 움직여야지! 가능한 범위에서!

솔직히 도중에 나오는 잡몹 연전에서 적성이 낮은 건 변함없기에, 그렇게 중요한 일은 없지만—.

일단 『엘리멘탈 서클』로 지원하면서 나도 AP를 모아두자.

잠시 뒤, 야노가 몬스터를 대량으로 끌고 돌아왔다.

"뒷일 잘 부탁해~!"

"응! 유우나!"

"맡겨둬요!"

"맡겨둬라—!"

아키라, 아카바네, 시즈쿠 씨가 일제히 광역 공격 아츠나 오의를 날렸다.

그로 인해, 야노가 데리고 온 적이 대부분 괴멸.

물리 공격에 강한 슬라임계 적이 조금 남았지만, 얼마 남지 않은 HP는 마에다가 정확하게 공격마법으로 처리했다.

딩동~. 게이트 해방 조건을 달성! 다음 층으로 가는 게이트로 향하라!

"……."

괜찮아 괜찮아. 내가 할 일은 메인인 B80F에 있다! 그때까지는 까놓고 말해서 기생한다는 말을 들어도 신경 쓰지 않아!

그래도 『엘리멘탈 서클』을 쓸 수 있게 된 만큼 좀 나아진 거야!

단지, 원래부터 스펙이 좀 그랬으니까―.

"자, 다음 가자. 렌!"

기합을 넣은 표정을 보이는 아키라가 나를 부르러 왔다.

으~음, 믿음직하다! B80F까지는 부탁합니다!

그런고로 우리는 다음 B72F로.

딩동~. 게이트 해방 조건, 적 몬스터를 전멸시켜라!

음. 뭐 기생하는 느낌이라 내 가슴이 조금 아픈 것 말고는 아무 문제도 없네!

딱히 아무 일 없이 클리어!

――B73F.

딩동~. 게이트 해방 조건, 거대화 몬스터를 쓰러뜨려라!

"우와! 아일랜드 버니다! 아일랜드 버니가 커져서 돌아왔어!"

"언제나 딱히 이유도 없이 습격해오는 렌을 향한 원한으로 거대화했다거나……?"

"그 설정은 뭐야—? 아무튼 쓰러뜨리자!"

"응. —그럼 낌새를 보자!"

아키라가 스카이 폴의 충격파를 날렸다!

보에에에에에에!

"아…… 한 방에 죽었어?!"

"에에에에엑?! 저, 저렇게 커졌는데—?!"

"아~, 그걸지도. 원래 스테이터스나 레벨을 몇 배로 키운 계열일지도 몰라. 원래부터 약하니까 몇 배로 늘어나도 대단하지 않은 거지."

"뭔가 미안한 일을 하는 것 같아……."

딩동~. 게이트 해방 조건을 달성! 다음 층으로 가는 게이트로 향하라!

뭐, 됐다. 다음 가자 다음!

——B74F.

딩동~. 게이트 해방 조건, 지금부터 출제하는 문제를 합계 일곱 개 맞춰라!

오답일 경우 페널티!

음—! 왔구나, 퀴즈계!

““부탁합니다~!””

나와 야노의 말이 그대로 겹쳤다.

응. 이 층은 기생하는 것 같은 거북한 느낌이 별로 안 드네!

왜냐하면 기생할 생각이 넘치는 사람이 또 한 명 있으니까!

동료가 있는 건 좋단 말이야—.

“맡겨둬……!”

마에다가 한 발짝 앞으로 나왔다.

“힘내자! 코토미!”

그 옆에는 아키라가 나왔다.

뭐, 우리 체제에서는 이런 경우 두 사람에게 맡긴다!

나도 야노도 이 학교에 들어오면서 성적이 상승하고는 있지만, 원래 레벨이 이 두 사람과는 다르니까.

아무리 그래도 대학교수의 딸과 상류 계급 아가씨와는 레벨이 다른 거다.

교육을 잘 받았으니까!

——단, 한 번 정답을 맞힌 사람은 문제 해답권을 잃습니다!

""""뭣이이이이이이?!""""

이봐?! 필살의 아키라와 야노에게 맡기는 작전이 통하지 않잖아?!

이런 룰이라면, 나와 야노도 한 문제는 정답을 맞혀야만 한다는 뜻이다.

그보다, 당황한 목소리가 한 명 많은데?! 누구지—?!

아키라와 마에다는 얼마든지 오라는 자세고, 시즈쿠 씨는—태연한 표정이네.

그렇다면, 아카바네—?

"뭐, 뭐뭐죠……? 제 얼굴에 뭐라도 묻었나요?"

"아니. —괜찮은가 해서."

"거, 걱정할 것 없어요! 저보다는 자기 걱정을 하는 게 어떤가요?!"

"뭐, 그야 그렇지만—."

"유우나, 타카시로! 아는 문제가 나오면 두 사람이 우선적으로 대답해! 두 사람이 모르는 문제를 우리가 맞출 테니까."

"그래, 알았어!"

뭐, 마에다와 아키라는 올마이티니까.

우리가 모르는 문제를 대답해달라고 하는 게 좋겠지!

일단 수학 와라, 수학! 그거라면 나도 특기니까!

그럼 1번 문제! 장르는 미술!

페인트 소프트웨어나 포토 리터칭 소프트웨어에서 그림 위에 올리는 가상의 시트를 무엇이라 하는가?

"저요저요저요저요! 알았다! 레이어야!"

딩동~. 정답입니다!

"꺄아! 해냈어! 한 번에 통과했어~♪"

야노가 기쁜 듯이 뛰었다.

이거, 야노에게는 찬스 문제였잖아! 그림이 특기니까.

"잘했어, 유우나!"

"좋아좋아! 이 기세로 가자!"

"이걸로 꽤 유리해졌네—."

가장 위험해 보이는 아이가 통과했으니까!

"아! 제일 위험한 녀석이 통과해서 다행이라고 생각하는 거지?!"

"어? 그게……."

"아하하하—."

"후후후후—."

우리는 미묘하게 눈을 돌렸다.

"아하하! 내가 제일 그 생각했거든! 해냈다 해냈어! 아~ 안심했어! 이제는 멀리서 구경할 테니까 힘내~♪ 특히 시금까지 거의 도움 안 된 타카시로는 제대로 하라구!"

"갑자기 말이 많아졌네! 나랑 같이 뭣이이이이이! 라고 말했으면서!"

"후후후! 이 마음은 성공한 자 말고는 알 수 없는, 선택받은 자의 특권이라구!"

정말 기분 좋아 보이네!

나도 어서 정답을 맞혀서 선택받은 자의 특권을 맛보고 싶다!

"큭— 나도 수학만 온다면! 수학 와라 수학 와라 수학 와라!"

2번 문제! 장르를 수학!

왔다, 내 문제! 유일한 특기 장르!

좋았어. 숫자 문제는 맡기라고! 내 시대가 왔다!

다섯 명이 모여 숨바꼭질을 합니다.
두 사람을 찾았습니다. 남은 건 몇 명이 숨어있을까요?

"저요, 알았어요! 세 명이에요 세 명!"

나보다 먼저 아카바네가 반응! 그러나—.

뿌뿌~! 오답!

"에에에엑?! 하지만—."

"아카바네, 두 명이야 두 명! 한 명은 술래니까 원래 숨어 있던 건 네 명이잖아!"

"아— 그, 그랬었네요. 저도 참……!"

조금 냉정하지 않았네.

어쩌면 아카바네도 퀴즈는 거북한가?

아키라와 똑같은 아가씨니까, 아키라와 비슷한 레벨이라고 멋대로 생각했는데……?

"괜찮아 괜찮아! 다음 맞히자 다음!"

벌칙 게임! 대상은—?!

두구두구두구두구두구—!

오오, 뭐야 이 드럼 소리?! 쓸데없는 연출!

둥! 당신입니다!

위쪽에서 스포트라이트가, 아키라에게 내려왔다!

"어?! 나?!"

우왓, 틀린 본인이 아니라 다른 사람에게도 피해가 가는 계열인가!

벌칙 게임 내용! 메탈 코팅!

퐁! 아키라의 몸이 회색의 연기에 휩싸이더니—.

"꺄아?!"

몇 초가 지나 연기가 걷히자— 드러난 아키라의 모습은, 이 던전에서 고정 장비로 쓰는 유카타 그대로였다.

"으으음? 딱히 아무것도 변하지 않은 것 같은데……?"

메탈 코팅이라니 뭐였던 거야?

"저, 정말이네. —아무렇지도……."

그런 아키라 앞에, 시스템 윈도우가 퐁 나왔다.

그곳에 적힌 내용은—.

라이브 실크 드레스가 메탈 코팅되었다!

이하의 성능이 되었습니다.

납색의 라이브 실크 드레스

종류: 갑옷　장비 가능 레벨: 65　방어력: 66(×3)

장비 가능 직업: 소드 댄서

특수 성능: 장비 시 이동 불가

"와! 뭔가 아이콘도 메탈 같아졌어!"

라이브 실크 드레스는 아키라가 평소에 장비한 소드 댄서

의상이다.

뭐, 레벨에 맞는 장비인지라 당연하게도 디자인이 귀엽고 노출도가 높다.

『엔젤 참』처럼 가드 무효 등의 특별한 성능은 없어서, 레벨이 올라가면 방어력이 더 높은 녀석으로 바꿔야만 하는 운명에 있다.

그것이, 윈도우에 표시된 장비 아이콘부터 메탈릭한 느낌으로 변했다.

과연, 방어력은 세 배 늘어나지만 장비하면 이동할 수 없게 된다—.

이게 벌칙 게임인 메탈 코팅인 건가.

"호호오…… 이건 쓰기에 따라서는—."

뭐, 이 효과 자체는 좋은 면도 나쁜 면도 있다.

역시 아이템 운 등의 리얼 럭이 만렙에 달한 럭키 걸 아키라라서 벌칙 게임에서도 그렇게 심각한 벌칙은 받지 않았다.

원래 라이브 실크 드레스 자체가 직업이 살 수 있는 계열의 양산품이니까, 하나 정도는 이런 특수한 성능으로 바뀌어도 괜찮겠지.

이게 『엔젤 참』이었다면 위험했겠지만…….

원래는 지금 장비하는 유카타가 맞을 수도 있었지만, 레어라서 피하고 가방 안에 있는 라이브 실크 드레스로 판정이 변했을 가능성도 있다.

아무튼 저걸 내가 맞아서, 모처럼 마지막 권리로 산『매의 극광석』을 사용한『매의 다마스쿠스 소드』가 사용 불능이 되어버리지 않아서 다행이다. —위험했다 위험했어.

"뭐, 그렇게 나쁘지 않을……지도? 다음 문제 힘내자! 알았지? 노조미!"

"네, 네. —두 번 다시 그런 실수는 저지르지 않아요!"

말이야 그렇지만, 다음에 수학이 오는 건 언제일까?

내 기회는 스킵되고 말았으니까!

3번 문제! 장르는 영어!

자, 나왔다! 비특기 과목! 흥미가 없다고 흥미가!

영어는 게임 용어만 알면 된단 말이야!

"부탁한다! 아키라, 마에다!"

"아하하…… 바로 생각하는 걸 포기했네, 렌."

"뭐, 뭐어, 어쩔 수 없지. 여기는 맡겨둬."

"뀨~ 류도 힘낼래~! 영어 와라~!"

류가 빙글빙글 날면서 목소리를 높였다.

"와! 류도 장하네! 렌 몫까지 힘내자!"

"그래, 장해! 똑똑하네?"

아키라와 마에다가 웃으면서 류에게 말을 걸었다.

"흠…… 주인의 취향을 읽고 있다는 건가. 잘 만들어졌군."

시즈쿠 씨도 감탄한 기색이다.

—헉?! 위험해! 그렇다, 영어! 내가 영어를 서투르다고 하니까, 커진 저 녀석이 그렇게 변해버린 거였지……!

내가 서툰 영어를 극복했다고 전하지 않으면, 성격 개변은 진행되지 않는 게 아닐까!

"앞선 말은 철회하겠어! 내가 힘낼게. 류. 보고 있어!"

"뀨~! 응, 힘내~! 응원할래~!"

음, 이러면 됐어. 이러면 됐지만—.

문제는 내가 이것의 정답을 맞힐 수 있느냐다!

다음 영어를 일본어로 해석하세요.

When in Rome, do as the Romans do.

어어……?

웬 인 룸, 두 애즈 더 로망스 두?

인 룸? 방 안인가?

로망스? 로망? 로망포를 말하는 거냐?!

방 안에서 로망? 뭐? 데이터 검증이라도 하는 건가?

로망포는 착실한 데이터와 계산으로 성립하는 거니까!

즉, 착실하게 데이터를 쌓아서 로망을 추구하라는 거라면……?

음~, 그럴싸한 게 없을까? 아마 격언 같은 것 같은데?

조사하는 게 중요, 검증 데이터를 쌓아 올려서 로망을…….
—오오, 그럴싸한 게 있었어!

"저요저요저요저요!"
"렌, 괜찮아?!"
"오케이, 맡겨둬! 나는 영어를 극복해주겠어. 보고 있으라고, 류!"
"뀨~! 렌, 힘내~!"
"정답은— 적을 알고 나를 알면 백 번 싸워도 위험하지 않다!"

면밀한 사전 조사를 했다는 느낌, 나오겠지?!
즉, 세상을 제압하는 건 검증파라고 옛날의 위인이 말했다는 거다!

뿌뿌~! 오답!

"뭣이?! 아, 아닌 거냐—?!"
"정답은 로마에 가면 로마법에 따르라, 야. 타카시로……."
"아, 로망스가 아니라 로만스라는 거야?! 으아아아아, 아까워!"
"아깝지 않아 아깝지 않아…… 그렇게 억지로 대답하다니

렌답지 않네."

"아니, 이 경우에는 자세가 중요하다고…… 자세가—!"

"응?"

벌칙 게임! 대상은—?!

두구두구두구두구두구두구—!

아아, 하지만 비정하게도 또 드럼 소리가 시작됐다!

서툰 과목임에도 과감하게 도전했던 적극성을 평가해줬으면 하는데?!

아아아아아아아! 다시 오답 벌칙 게임이……!

둥! 당신!

스포트라이트가 들어온 건— 나였다.

"음……?! 나냐—?!"

"자기 책임이잖아! 틀린 녀석은 죄를 갚아야지!"

완전히 거만해진 야노가 나에게 야유를 보냈다.

이 녀석, 자기는 정답을 맞혔다고 해서……!

뭐, 일단 벌칙 게임은 뭐지?!

메탈 코팅은 조금 무서운데. 필요한 장비의 성능이 이상하게 변하면—.

스킬 봉인! 던전에서 나올 때까지 일부 스킬이 사용 불가능해집니다!

"앗?! 뭣이?! 큰일 났다아아아아!"

우와, 이거 위험해! 『파이널 스트라이크』나 『발도술』이 당해버리면 위험해! 그것만으로도 끝장이잖아……?!

부탁이다, 『파이널 스트라이크』만큼은 피해줘……!

젠장. 아버지로서 류에게 영어도 괜찮다는 자세를 보여주려고 했을 뿐인데―!

안 돼, 영어는 이제 대답할 수 없어. 너무 위험해! 다음은 아키라한테 맡기자!

렌의 그로우 업이 사용 불가능해졌습니다!

"오……?! 오오오, 살았다―?!"

가슴을 쓸어내렸다.

이거라면 어차피 쓸 생각도 없었다. ―아니, 안 되잖아!

"앗! 렌 역시 그로우 업 쓸 수 있게 됐잖아! 왜 숨기는 거야?! 나중에 보여줘~!"

그렇다. 내가 익힌 게 들켜버리잖아, 젠장! 게임 공략에는 상관없지만, 인간관계 공략 난이도가 올라갔어……!

여성들에게 성장한 류를 보여줘야 한다니……!

"류. 커질 수 있게 된 거지?! 기대되네!"

아아아아, 마에다도 기대감에 눈을 반짝거리기 시작했다.

"뀨~! 나중에 커져 커져~!"

기분 좋아 보이네 이 녀석—!

아아아아아아, 이런 순수한 아기 용의 성장을 기대하는 미소녀들에게 퍼킹 드래곤을 보여줘야 하는 현실이라니!

이게 무슨 일이야. —마음이 무거워! 마음이 무겁다고!

하지만, 공포의 퀴즈는 여전히 이어진다!

이어서 문제—.

"렌. 모르는 문제는 무리하지 말고 우리한테 맡겨도 되거든."

"그래, 알고 있어. 지금 이건 미안해……!"

뭐, 일단 영어는 나왔으니까, 한동안은 안 나오겠지.

다음에 나오기 전에 전부 정답을 맞혀서 끝내고 싶다—!

4번 문제— 장르는 음악!

응. 전혀 자신 없으니까, 여기서는 얌전하게 있기로 하자.

진짜로 이거, 섣불리 움직이면 위험하니까.

현재 시점에서는, 모르는 문제는 대답하지 않아도 된다.

아직 마에다도 아키라도 남아 있으니까, 모르는 문제는

어떻게든 해줄 거다!

나의 대기 작전은 성공을 거둬서, 4, 5, 6번 문제는 연속 정답!

마에다, 시즈쿠 씨, 아키라가 무척 부드럽게 정답을 맞혔다.

남은 건 나와 아카바네다.

7번 문제— 장르는 수학!

"음—!"

좋았어, 왔다! 찬스 문제! 여기서 정답을 맞춘다!

"힘내, 렌! 대답할 수 있어!"

"오케이! 해주겠어!"

"노조미~루도 힘내라구!"

"네, 네. —알고 있어요!"

이상한 별명으로 불러도 화낼 여유가 없는지, 아니면 그렇게 불러도 상관없다고 생각한 건지는 모르겠지만—.

아무튼, 아카바네도 조금 고전하는 느낌이다.

원래 아키라의 라이벌 캐릭터 아니었나?

라이벌 캐릭터라면 성적도 비슷한 수준이라고 생각했는데— 아닌가?

아무튼 문제다!

어느 샐러리맨이 차를 몰고 집에서 이웃 마을까지의 거리를 왕복했습니다.

가는 길은 시속 40킬로미터. 오는 길은 시속 60킬로미터.

그럼, 샐러리맨이 모는 차의 평균 시속은?

"저요저요저요저요!"

나는 곧바로 손을 들고 목소리를 높였다! 이 문제, 받아간다!

"정답은— 시속 48킬로미터!"

"에에엑?! 아니잖아. 오십—."

딩동~! 정답입니다!

구경꾼이 뭐라 말했지만, 내가 정답입니다. 정말로 감사합니다!

"어……?! 정답이야? 다행이지만 다행 아니거든. 어째서? 코토미~."

"60킬로미터로 달리는 쪽이 달리는 시간이 짧아지잖아? 평균 시속은 달리는 시간으로 계산하니까 시간이 짧아지는 만큼, 더해서 2로 나누면 안 돼."

"과연, 모르겠어……!"

뭐, 마에다의 해설대로다. 가능하면 내가 의기양양하게

해설하고 싶었지만!

아무튼, 앞으로 한 문제!

"아카바네, 마지막 부탁한다! 끝내버려!"

"아, 알았어요……! 걱정할 것 없어요!"

"노조미, 괜찮나요? 몸이라도 안 좋아요?"

"아, 아뇨……! 그렇지는 않아요. 요즘 성적이 떨어지고 있어서 불안해졌을 뿐이라고요. —오라버니에게도 주의를 받고 말아서……."

흐~음……? 그 오라버니가 성적 이야기를 해봤자, 우선 너의 그 옷차림이나 어떻게든 하라는 말밖에 떠오르지 않는데—?

그런 오라버니라도 확실히 존경하는 아카바네는 좋은 여동생이네~.

"하지만 성적이 떨어졌다니, 이 학원에서 어째서—?"

나는 생각한 말을 입에 담았다.

학교에서의 성적이 게임 내 보수로 환원되는데 하지 않을 수 없잖아.

나는 물론이거니와, 공부와는 가장 거리가 먼 인종이라고 생각하는 갸루 야노까지 성적이 올랐는데 말이지.

"그렇다면……, 이 게임이 아닌 부분에서 성적이 내려간 원인이 있다는 뜻이야. 노조미, 그건 전에 말했던……."

"아아아아, 잠깐! 여기서 그 이상 말하지 말아요! 뭐, 인생이란 즐거운 일이 많아서 곤란하네요—."

"—그렇다고 성적이 떨어지는 건 좋지 않은 것 같은데요……."

"다, 당신도 그렇게 되면 제 마음을 이해할 거예요! 어쩔 수 없어요! 병 같은 거라고요!"

"응? 뭐야? 내가 모르는 사이에 뭔가 재미있는 신작 게임이라도 나왔어?"

아카바네는 그쪽에 바람을 피우고 있고? 뭐, 그런 일도 있겠지.

"""……."""

어? 왜 두 사람이 나를 게슴츠레 쳐다보고 있는 거지요?!

"아무튼 노조미! 성적이 내려갔다고 해도 일시적이고, 원래는 잘하잖아요. 정신 차려요!"

"네. 맡겨주세요!"

그리고 다음 문제는 국어! 아카바네는 침착함을 되찾아서 냉정하게 클리어!

겨우 다음 층으로 갈 수 있겠어! 이 층은 좀 위험했다!

——B75F.

딩동~. 적 몬스터를 전멸시켜라!

"음—! 좋아, 돌진해라~!"

"퀴즈와 달리 머리를 쓰지 않아서 편하다구!"

"두 사람 갑자기 기운을 차렸네……."

"정말이네……."

딩동~. 클리어 조건 달성! 게이트가 해방되었다!

——B76F.

딩동~. 적 몬스터를 전멸시켜라!

"연속인가! 생각하지 않아도 되는 건 좋지만, 이건 시간을 꽤 잡아먹는단 말이지!"

"불평하기보다 손을 움직여! 적 모아 올게!"

"힘내, 유우나!"

"가능하면 빠르게!"

딩동~. 클리어 조건 달성! 게이트가 해방되었다!

——B77F.

딩동~. 적 몬스터를 전멸시켜라!

"아니, 전멸 지령 좀 많지 않아?! 시간이—!"

"서두르자구!"

"응, 서두르자!"

"시간이 좀 신경 쓰이네—!"

딩동~. 클리어 조건 달성! 게이트가 해방되었다!

——B78F.

딩동~. 적 몬스터를 전멸시켜라!

"아아아아아아아아아 이 자식! 바보 취급 하는 거야?!"

"재수가 없잖아! 누가 들어와서 운이 안 좋아졌어!"

"뭐, 렌은 아이템 운이나 랜덤 운이 별로 좋지 않으니까—."

"서둘러! 이제 남은 시간 10분을 돌파할 것 같아!"

딩동~. 클리어 조건 달성! 게이트가 해방되었다!

——B79F.

앞으로 하나만 넘어서면 하데스 로즈를 만날 수 있다!

시간은 없지만, 아직 늦지 않을 터……! 아무튼 서둘러야지!

간단한 거 와라! 간단한 거!

거대화 몬스터를 쓰러뜨리는 방에서, 아까처럼 아일랜드 버니 거대화로 부탁합니다!

기도하는 마음으로 워프 아웃한 순간——.

우쥬쥬쥬쥬쥬쥬!

데굴데굴데굴데굴데굴데굴데굴!

케케케케케케케케케케케케케케케케!

대량의 몬스터가 꾸물대는 소리가—!

크고 네모난 광장 안이, 마치 몬스터들의 만원 전철 같은 상태!

이렇게 모이다니, 오늘은 무슨 축제라도 열리는 건가요?!

아아, 그런가. 이건 우리를 너덜너덜하게 만들겠다는 몬스터들의 축제구나!

"아아아아아아아아아아아아! 이럴 때 저지르다니이이이이이이!"

이 던전 안의 사람 유능해에에에에!

아니, 물론 그런 녀석은 없고 프로그램의 장난질이라는 거야 알지만, 상황상 뭔가 의심하지 않을 수 없다.

딩동~. 몬스터 하우스다!

아무래도 이 계층에서 몬스터가 대량 발생한 모양이다!

그러니까 한 박자 늦다고! 이미 다들 흠씬 두들겨 맞기 시작했어!

이런 일은 좀처럼 일어나지 않는다. 왜 이리 운이 나쁜 거냐고!

게이트는 이미 열렸다!

아무튼 빨리 다음 계층으로 가는 게이트를 찾아서 도망쳐야 해!

그래그래 알았어요 알았다고요!

"크— 귀갑 가드!"

일단 가드용 아츠를 즉시 발동할 수밖에 없었다.

적이 나를 마구 두들기러 왔지만, 노 대미지 혹은 한 자릿수 대미지 연발.

이게 이어지는 사이에는 어떻게든……!

그러나 이건 딱딱해지지만 움직일 수 없다.

지금 이럴 때 어떻게든 타개책을! 여기서 포기하고 당하기를 기다릴 수는 없다!

내가 그렇게 생각하는 사이—.

코토미는 181의 대미지를 받았다.

코토미는 205의 대미지를 받았다.

코토미는 202의 대미지를 받았다.

코토미는 234의 대미지를 받았다.

코토미는 262의 대미지를 받았다.

코토미는 249의 대미지를 받았다.

코토미는 255의 대미지를 받았다.

코토미는 278의 대미지를 받았다.

코토미는 263의 대미지를 받았다.

코토미는 힘이 다했다…….

"아, 안 되겠어…… 어쩔 수가—."

가장 방어력이 낮은 마에다가 맨 먼저 쓰러졌다.

"이런 건 못 들었어요—!"

노조미는 힘이 다했다…….

아아아아, 아카바네도!

그리고 한 박자 늦게—.

"역시 운 나쁘잖아……!"

"너무하는군—!"

유우나는 힘이 다했다…….

시즈쿠는 힘이 다했다…….

방패를 든 야노와 직업이 격투가라 원래 터프한 시즈쿠 씨도 동시에 쓰러졌다.

아무리 방패를 들어도 뒤에서 얻어맞으면 어쩔 도리가 없다—!

아키라의 힐 스텝이 발동. 렌의 HP가 250 회복됐다.

그런 가운데 눈에 날아든 이 로그는— 아키라는 무사한 건가?!

아카바네와 비슷한 내구도니까 놓쳤을 뿐이지 이미 쓰러졌어도 이상하지 않은데—.

"렌, 괜찮아?! 아직 버틸 수 있어?!"

목소리가 난 방향을 바라보자, 나와 마찬가지로 몬스터에게 둘러싸인 아키라의 모습이!

너무 많은 숫자가 둘러싸고 있어서 보기 힘들지만, 그 모습은 이 던전에서 디폴트 장비로 변했던 유카타가 아니었다.

반짝반짝 메탈릭으로 빛나는 소드 댄서 의상이다.

저 형태 자체는 평소와 똑같은데—?

아아, 이건 아까 그건가! 메탈 코팅이라는 것에 당한 장비!

아키라는 11의 대미지를 받았다.

아키라는 16의 대미지를 받았다.

아키라는 7의 대미지를 받았다.

아키라는 21의 대미지를 받았다.

아키라는 16의 대미지를 받았다.

아키라는 14의 대미지를 받았다.

아키라는 5의 대미지를 받았다.

아키라는 8의 대미지를 받았다.

아키라는 17의 대미지를 받았다.

"아앗—! 그보다 그거 단단하네!"

아키라는 딱히 스테이터스를 VIT에 몰빵한 건 아니지만, 받는 대미지는 VIT에 몰빵하고 귀갑 가드를 발동 중인 나와 비슷한 수준이었다.

흠씬 두들겨 맞고 있지만, 대미지가 적어서 아직 여유가 있어 보인다.

"응! 메탈 코팅되지 않았다면 당했을 거야. —아마도!"

뭐, 확실히 겉보기에도 메○ 슬라임 같은 광택과 배색이긴 한데—.

베이스는 평소의 소드 댄서 장비다.

말할 것도 없이 노출도가 높다. 그래서 결국 메탈릭 부분보다 피부색 부분이 더 많은데도 이런 방어 성능이라니!

이것이 THE 게임이라 할 수 있는 동화 같은 장면이었다.

현실로 생각하면 노출하는 피부에 그대로 공격이 들어갈 테니까!

하지만 겉보기와 성능을 겸비하고 있기에 오히려 대환영! 근사하네!

아키라의 힐 스텝이 발동. 아키라의 HP가 188 회복됐다.

그리고 아키라는 자기 회복까지 했다.

소드 댄서의 회복 댄스는 AP를 소비한다.

그리고, 적에게 공격을 받을 때도 AP가 늘어난다.

그러니 댄스에 의한 소비 AP당 회복력과, 적의 공격에 의한 습득 AP당 대미지량이 비슷하다면 기본적으로 HP가 줄지 않는다.

아키라는 자기 회복을 계속하면서 불침 요새 상태가 되어 가고 있었다.

"회복이 늦지 않는 건가?!"

"응! 괜찮아! 오히려 AP가 넘쳐나는 느낌!"

이번에는 내게도 회복을 날려왔다.

그러자 나를 바라보던 적 몇 마리가 아키라에게 갔다.

아키라가 나를 회복시킨 만큼, 회복 어그로가 발생해서 적이 아키라에게 간 거다.

이대로 계속하면 적이 전부 아키라에게 가겠지.

그러나 나도 귀갑 가드 발동 중에는 움직일 수 없다.

이게 풀리면 버틸 수 없고, 효과 중에는 이동할 수 없다.

아키라 쪽도 마찬가지로 메탈 코팅된 라이브 실크 드레스는 이동 불능이다.

즉, 항상 귀갑 가드를 발동하고 있는 셈이나.

그렇게 생각하면 굉장하지만, 상시 이동할 수 없게 되는지라 핀포인트로 써야 하는 장비다.

하지만 대미지를 대폭 줄일 수 있어도 움직이지 못하는 콤비가 여기에 탄생했을 뿐, 자칫하면 시시각각 다가오는 제한 시간까지 움직이지 못한 채 버티기만 하다가 시간 초과를 맞이하게 될 거다.

아키라가 회복 어그로로 타깃을 가져간 건 다행이다.

전부 저쪽으로 가면, 내가 움직일 수 있게 된다.

"렌! 나는 괜찮으니까, 이대로 전부 끌어들일게. 움직여도 괜찮을 것 같으면 움직여!"

아키라도 나와 같은 생각이었다.

"그래, 부탁한다!"

다시 회복 댄스가 내게 날아왔다.

그러자 적 몇 마리가 아키라에게 갔다.

다시 두세 번 반복하자 나는 자유를 찾았고, 전부 아키라에게 가버렸다.

"지금이야 렌! 앞쪽 게이트로 가!"

"좋았어—!"

그러나, 적의 밀도가 더욱 늘어나서 아키라는 기관총에 맞은 것처럼 얻어맞고 있다.

역시 힘드나—?! 공격 횟수가 너무 많아……?!

그러나 내가 움직여서 괜찮다면, 이런 방법도 있다.

"류, 가자! 『디어질 서클』!"

둔화 효과가 있는 서클 마법!

이걸 넓게 전개, 타깃은 여느 때처럼 류에게.

류의 스킬 『타깃 마커』의 효과로 서클을 이동할 수 있게 된다.

"아키라! 점~프!"

"알았어! 장비 변경, 세트 B!"

『엔젤 참』으로 갈아입기!

거기서 즉시—.

"『호크 스트라이크』!"

대 점프 베기 아츠로 적 무리를 돌파.

평소라면 그렇게 해봤자 바로 적이 몰려들지만, 『디어질 서클』의 둔화 효과가 적의 속도를 느리게 해준다.

우리는 어찌어찌 달려서 그 자리를 벗어나는 데 성공했다!

"고마워, 렌!"

"천만의 말씀! 게이트를 찾아서 도망치자!"

"응—!"

우리는 달렸다.

그리고 그 뒤에 대량의 몬스터가 몰려와서 막대한 트레인 상태가 되었다.

뭐, 게이트까지 도망치기만 하면 문제없다.

"근데 단둘이 되어버렸네……! 이거 괜찮을까—?!"

"그래. 최저한, 우리 둘만 남으면 어떻게든 돼!"
"정말이지?! 기대하고 있을 테니까!"

딩동~.
돌입으로부터 57분이 경과했습니다. 앞으로 180초 후 강제 배출됩니다.

앞으로 3분! 하지만 아직 기회는 있다―!
우리가 달려서 모퉁이를 돌자, 기다란 통로 너머에―.
"앗―! 게이트다! 렌, 게이트 찾았어!"
"그래! 좋은 곳에 있네!"
"이대로 단숨에 달려가자! 시간 없으니까!"
"아니, 아키라는 게이트 바로 앞에서 스톱해! 그리고, 다시 메탈 코트로 갈아입고 조금만 버텨줘!"
"뭐어?! 시간 없는데?!"
"필요하니까!"
"아, 알았어! 렌이 한 말이니까 괜찮을지 조금 불안하지만 믿을게!"
"아니, 그거 안 믿고 있잖아! 의심하고 있잖아!"
"그야 지금까지 쌓아온 게 있으니까…… 그러니까 자, 갑니다~!"
아키라는 다음 층으로 가는 전송 게이트 앞에서 급브레이크를 밟았다.

동시에 메탈 코팅된 라이브 실크 드레스로 갈아입었다.

"자, 덤벼라~!"

발이 멈췄기에, 당연히 아키라에게 적이 일제히 몰려왔다.

그리고 엄청난 기세로 두들기기 시작했다.

아무리 메탈 코트로 단단해졌다고 해도, 이렇게나 적의 공격이 많으면 그리 오래 버티지 못할지도 모른다.

나는 그걸— 조금 떨어진 곳에 멈춰서 보고 있었다.

어그로가 전부 아키라에게 집중되었기에 적은 나를 지나쳤다.

현장은 좁은 통로이기에—.

나와 아키라를 연결하는 직선상에 대부분의 적이 몰려있다.

자— 해볼까요!

"장비 변경, 세트 D!"

세트 D의 D는 데스 채리엇의 D! 뭐, 우연이지만!

후후후후— 데스 채리엇의 진가를 보여주마!

"『엘리멘탈 서클』!"

데스 채리엇 장비의 숨겨진 효과로 인해, 엘리멘탈 서클의 발동률은 100퍼센트!

통로에 검은빛의 길이 생긴 것처럼 보인다.

이야~, 좋은 호구들이 잔뜩 있네요!

자, 그럼. 가볼까요!

나는 천천히 합성을 시작.

『다마스쿠스 소드』와 『다마스쿠스 스틱』으로 『지팡이칼』을 합성했다.

『매의 극광석』을 사용한 『매의 다마스쿠스 소드』는 아직 쓰지 않는다.

상황에 따라서는 어느 『지팡이칼』이 필요해질지 모르기에 합성하지 않고 있었다.

이건 초전이니까 평범한 『지팡이칼』이다!

"장비 변경, 세트 A!"

원래대로 돌아오고 나서—!

"『파이널 스트라이크』! 그리고 먹어라, 오의! 주작일섬~~~!"

퍼어어어어어어어어어어어엉!

불꽃을 두른 돌진 베기!

똑바로 나아가는 통로에 있던 적까지 말려드는 게 특징이다.

전방 직선 범위 공격인 거다.

이로 인해 대량의 적이 말려들어서 일격에 날아갔다!

"좋았어! 월척 월척!"

"렌, 잡몹이나 잡아도 괜찮은 거야?! 시간 없는데?!"

"괜찮아. 이건 꼭 필요한 거니까! HP를 보라고!"

"오오오, 굉장해! 두 배가 되었네!"

암서클의 효과다.

HP 흡수&상한을 넘어서면 최대 HP 부스트도 해준다. 유능!

내 오의는 최대 HP와 현재 HP의 차이가 크면 클수록 위력이 늘어난다.

HP가 두 배가 되었다면 위력도 두 배다!

이 최대 HP 부스트 효과는 3분이면 끊어져서 오래 유지하지 못한다.

그래서 하데스 로즈를 공격하기 직전에 해둘 필요가 있는데, 마침 잘 된 셈이다.

이건 꼭 필요한 사전 준비여서, 원래 하데스 로즈가 만들어내는 블랙 로즈를 써서 하려고 했었는데, 예정이 빨라졌다.

이쪽이 안전하게 할 수 있으니까!

"그래! 그리고 최대 HP가 많으면 많을수록 내 딜도 올라가지!"

"응응! 좋았어. 그럼 바로 다음으로 가자! 시간 없어!"

딩동~.

돌입으로부터 58분이 경과했습니다. 앞으로 120초 후 강제 배출됩니다.

"앞으로 2분 남았어, 렌!"

"아니, 잠깐! 에에에잇!"

나는 근처에 있던 살아남은 몬스터에게 일반 공격을 날렸다.

적의 HP는 9할 정도 날아갔지만, 아직 조금은 남았다.

"에에에에엑?! 뭐 하는 거야?! 시간 없잖아?!"

"AP 모으기야! 지금 썼으니까! 아키라는 손대지 말라고. 내 AP를 모아야 하니까!"

"아아, 정말. 답답하네. —빨리 빨리! 이도류로 파파팟 두들겨서 처리하면 될 텐데!"

"나는 이도류 같은 거 안 써!"

국민적 인기 스킬은 나의 적!

그런 걸 마개조로 뛰어넘는 게 즐거움이라고!

그렇지만 뭐, 이도류는 쓰지 않고 할 수도 없지만, 나도 나름대로 최대한 서둘러 AP를 모았다!

AP는 300! 꽉 찼다!

"좋아, 기다렸지!"

"응, 그럼 가자! 이제 끝나버려!"

"잠깐, 마지막으로 그거 부탁해! 『검의 춤』!"

방금 『파이널 스트라이크』를 썼으니까, 원래는 재사용시간을 기다려야 한다.

아키라에게 『검의 춤』을 받아서 즉시 사용 가능하게 되지 않으면, 다음 일격도 날리지 못하고 끝나고 만다.

"아아아, 정말! 확실히 그랬지! 『검의 춤』!"

“감사함다! 뭐, 결국 마지막에는 아키라가 없으면 나도 어떻게 할 수가 없네!”

“그러게! 하지만 나는 그래도 좋아! 자, 가자!”

“그래!”

딩동~.

돌입으로부터 59분이 경과했습니다. 앞으로 60초 후 강제 배출됩니다.

우리는 그걸 들으면서 이번에야말로 다음 층으로 가는 워프 게이트로 뛰어들었다.

자, 찾아왔습니다. 문제의 B80F!

주변은 전과 다름없이 네모난 방 안에 대량의 식물이 우거진 상황.

딩동~.

게이트 해방 조건, 보스 몬스터를 쓰러뜨려라!

“좋았어, 돌아왔다! 생각해보면 긴 여정이었어…….”

쿠구구구구궁—.

발밑이 진동하기 시작하며, 플로어 중앙에 거대한 식물이 솟아났다.

새까만 색의 꽃이 달린, 거대한 장미 괴물이다.

오늘도 기운이 넘치는구나, 이 녀석!

하데스 로즈　레벨 120　왕관 아이콘(레어 몬스터)

저번과 비교하면 이쪽의 상황은 안 좋다. 최악이라도 해도 좋겠지.

남은 시간은 1분을 지났고, 6인 파티 중 4인이 전투 불능이다.

나와 아키라가 게이트 전이하면 쓰러진 다른 멤버들도 같이 전이하는지, 나와 아키라 근처에서 풀썩 쓰러져 있다.

"다들! 뒷일은 맡겨둬! 도중에 은근히 쓸모없었던 걸 여기서 만회하겠어!"

꽤 고생했지만, 그것도 여기서 끝이다!

돌이켜보면 재미있는 시행착오였다!

"앞으로 1분도 안 남았어……! 할 수 있어?!"

"서둘러—! 지금까지 짐짝이었으니까 멋진 모습 보여달라구……!"

"부탁할게요! 당신이 하는 말이니까 계산은 세웠을 거잖아요……!"

"보도록 할까……! 기대하고 있겠어."

쓰러진 모두의 성원을 받으면서, 나는 『매의 다마스쿠스 소드』와 『다마스쿠스 스틱』으로 『지팡이칼』을 생성했다.

자, 완성됐다. 나의 리설 웨폰이! 완성된 순간 부서질 운명이지만!

동시에 우리의 존재를 감지한 하데스 로즈도 움직였다.

하데스 로즈는 종자를 날렸다!

블랙 로즈가 태어났다!

블랙 로즈가 태어났다!

블랙 로즈가 태어났다!

블랙 로즈가 태어났다!

블랙 로즈가 태어났다!

블랙 로즈가 태어났다!

이 녀석은 내버려 두면 이렇게 점점 잡몹을 만들어서 늘린다.

대미지를 줘도 카운터로 종자를 뿌려서 잡몹을 늘린다.

그리고, 잡몹이 주는 대미지만큼 본체가 회복된다.

"렌! 저 잡몹은 내가 타깃 잡을게!"

"아니, 됐어! 금방 끝나! 『파이널 스트라이크』!"

"렌, 괜찮아?!"

"그래. 일격으로 끝낼 거니까!"

그보다, 일격으로 끝내지 못하면 시간상 끝이다.

다행히 내가 생각한 이 녀석의 공략법은, 온갖 귀찮은 요소를 배제하고 처음부터 일격에 쓰러뜨리는 거다.

그게 로망포가 로망포답게 빛나는 방식이니까!

상대의 HP는 약 3만.

내 오의의 위력은, 대략 1격에 5000 조금 나가는 대미지였다.

그걸 암서클에 의한 HP 부스트 두 배로 대미지 두 배!

이걸로 대미지 기대치는 1만!

게다가 무기를 『매의 다마스쿠스 소드』를 사용한 『지팡이 칼』로 바꿔서 또 두 배!

이걸로 대미지 기대치는 2만!

그러나 여기서 이 이상의 대미지를 올릴 요소를 찾지 못했기에, 나는 일행들에게 『초급 전이석』을 사용한 공략을 제안해서 실행했었다.

그러나 그사이 코코루의 친가에서 다시 강화를 이뤄내는 데 성공했다!

마미루 스승님에게 배운 『철산고(임시)』다.

이건 본래의 위력이 높은 만큼, (임시)가 붙은 동안에는 사용 후 남은 HP 1이라는 페널티가 붙는다.

그러나 이 페널티는, 일부러 HP를 줄여서 오의의 위력을 올리는 이 로망포에는 페널티가 되지 못한다. 오히려 포상입니다!

이걸로 HP를 줄일 수 있다면, 『턴 오버』를 오의에 넣을 필요 없이 이 『철산고(임시)』를 대신 넣을 수 있다.

그로 인해 오의를 구성하는 세 개의 요소를 모두 대미지를 뽑는 기술로 구성할 수 있다.

(임시)가 떨어질 때까지 기간 한정이라는 게 정말로 아쉽지만—.

지금부터 날리는 이 최신이면서 최강의 오의!

『폭염 태클』, 『철산고(임시)』, 『발도 츠바메가에시』의 조합!

대미지 기대치가 3만을 넘는다는 건 이미 검증했다!

나는 허리를 낮추고, 지팡이칼의 칼자루에 손을 대고, 뽑기 직전의 예비 동작을 보이며 오의 자세를 잡았다!

"간다! 끝나면 바로 게이트로 뛰어들어서 다음으로 가서 세이브하자!"

"응!"

"좋았어! 오의—!"

내 몸이 불꽃에 휩싸이며 하데스 로즈를 향해 돌진!

돌진할 때의 자세는 그냥 태클이 아니라 철산고의 등으로 들이받는 자세다.

몸을 감싼 불꽃의 형태는 주작이 아니라, 거대한 용의 얼굴 형태다.

퍼퍼퍼퍼퍼퍼퍼퍼퍼엉!

언어맞은 블랙 로즈들이 날아가서 벽에 부딪혔다.
꽤 강한 넉백 효과가 있다는 거겠지.
마미루 사부님도 커진 류의 거구를 날려버렸으니까.
그리고 그대로, 불꽃의 거대 드래곤 헤드에 휩싸인 내 몸은 탄환처럼 하데스 로즈 본체에 꽂혔다!

퍼어어어어어엉!

한층 커다란 소리가 들리며, 하데스 로즈의 몸이 휘청거렸다.
역시 이 거구는 넉백되지 않나.
하지만 내 오의는 이게 전반부!
그리고 이번에는— 나의 『지팡이칼』이 뽑힌다!
"용왕쌍아(龍王雙牙)~~~~!!!!!"

홍련을 두른 V자 베기가 작렬!

끼에에에에에에에에에에에에에에!

렌의 용왕쌍아가 발동! 블랙 로즈에 33457의 대미지!

렌의 용왕쌍아가 발동! 블랙 로즈에 33457의 대미지!

렌의 용왕쌍아가 발동! 블랙 로즈에 33457의 대미지!

렌의 용왕쌍아가 발동! 블랙 로즈에 33457의 대미지!

렌의 용왕쌍아가 발동! 블랙 로즈에 33457의 대미지!

렌의 용왕쌍아가 발동! 블랙 로즈에 33457의 대미지!

렌의 용왕쌍아가 발동! 하데스 로즈에 33457의 대미지!

렌은 블랙 로즈를 쓰러뜨렸다.

렌은 블랙 로즈를 쓰러뜨렸다.

렌은 블랙 로즈를 쓰러뜨렸다.

렌은 블랙 로즈를 쓰러뜨렸다.

렌은 블랙 로즈를 쓰러뜨렸다.

렌은 블랙 로즈를 쓰러뜨렸다.

렌은 하데스 로즈를 쓰러뜨렸다.

좋았어. ―왔다~~~~~~~~~~~~~~!

노리던 그대로군요!

제 7 장 아키라와 시즈쿠

딩동~. 클리어 조건 달성! 게이트가 해방되었다!

시스템 로그가 흐르며 우리의 승리를 선언했다.

"우와아아아아아아아! 굉장해~~~~! 정말로 일격에 끝냈네!"

"후후후후……! 그래! 카운터로 잡몹이 소환된다든가, 잡몹의 공격으로 보스가 회복된다든가, 그런 모든 기믹을 무효화하는 두뇌 플레이!"

"아니…… 귀찮으니까 아무 생각 없이 일격에 해치우자! 이런 극도의 파워 플레이 같은데—."

"그 파워 플레이를 성립시키기 위한 치밀한 검증이나 사전 준비가 있었다고! 즉, 이건 두뇌 플레이!"

딩동~. 앞으로 30초 후 강제 배출됩니다.

"우와, 시간이 없네! 아무래도 좋으니까 빨리 가자!"

"아무래도 좋지는 않지만 가볼까!"

나와 아키라는 다음 층으로 가는 워프 게이트로 달렸다.

그리고 나가자마자 있는 세이브 포인트!

어떤 보옥이 놓여 있는 받침대다.
"좋았어, 세이브 세이브!"
"렌, 빨리빨리!"
"그래!"
『세룰리아의 은반』을 꺼내서 세이브 포인트에 들었다.

세이브했습니다! 다음번 이후에는 이 계층부터 재개가 가능합니다!

"오케이! 이걸로 하데스 로즈는 클리어했네!"

돌입으로부터 30분이 경과했습니다. 강제 배출됩니다.

그리고 직후에 타임 업!
우리는 『어즈워스 해저 유적군』 출구로 전송되었다.
"후우. 좋아좋아! 예상대로! 됐어 됐어!"
"해냈네, 렌! 클리어했어!"
어지간히 흥분했는지 아키라가 내게 뛰어들었다.
"어, 어어……! 해냈어!"
이런 미소녀가 끌어안는데 기쁘지 않을 리가 없다. 이득!
이 게임, 사람의 질감에도 쓸데없이 공을 들였으니까 게임 속에서도 아키라가 굉장히 부드럽단 말이지…… 그런데 뭔가 감촉이 딱딱한데?

아, 메탈 코팅된 라이브 실크 드레스인가.

혹시 대비해서 갈아입은 건가?

“아, 이거 정말 감촉이 메탈이네.”

“아, 그러네. 이거 덕분에 살았어!”

“방어력이 높은 건 좋지만, 보호받지 않은 부분도 많은데 그렇게나 단단한 건 역시 게임다운 편의주의려나~. 음음. 고맙네.”

뭐, 겉보기로도 즐길 수 있었으니까 나는 대환영이다.

“그러니까 너무 보잖아, 렌! 정말로 사양하지 않는다니까. —뭐, 그래도 이걸 뽑아준 노조미에게는 고마워해야겠어. 없었으면 마지막까지 갈 수 없었으니까.”

아키라가 아카바네를 바라봤다.

밖으로 나오자 모두 전투 불능에서 부활해서 태연하게 가까이 왔다.

“뭐, 그러게요. —틀린 건 실수였지만, 넘어져도 그냥 일어나지는 않아요.”

“우연이잖아……? 엄청 당황했으면서.”

“우, 운도 실력이라고 하잖아요!”

“자자, 이겼으니까 결과적으로 잘된 거잖아!”

“이제 앞으로 갈 수 있겠어! 분명 우리가 리드하고 있을 거야!”

기뻐하는 우리 사이에서, 시즈쿠 씨만 조금 씁쓸한 표정이었다.

"난관을 돌파한 건 다행이지만…… 이건 좀 문제라고 생각하는데—."

그러면서 가리킨 건 메탈릭한 라이브 실크 드레스 차림의 아키라였다.

"아카바네가의 남매라면 몰라도, 너까지 그런 천박한 차림을— 학생인 소녀에게는 어울리지 않지 않을까. 그쪽은 어떻게 생각하는 거지?"

시즈쿠 씨. 오라버니와 아바카네의 모습을 보고도 안 좋은 소리를 했었으니까.

아키라는 그걸 봤기에 시즈쿠 씨 앞에서는 소드 댄서 장비를 자숙하고 있었다.

유카타가 편리했으니까 그래도 되었던 면도 있다.

그러나 마지막에 있었던 일련의 흐름에서는 갈아입지 않을 수 없었으니까—.

"으…… 집안사람들이 보면 화낼 수도 있다는 건, 알고 있어요—."

"네 가문은 아카바네가와는 다르니까. 그렇기에 나도 이렇게 말하지 않을 수 없다고 생각한 거다. 자각이 없다는 말을 들어도 별수 없어."

"딱딱한 소리 하지 마세요. 저 장비가 없었다면 클리어하지 못했고, 애초에 이번에 애쓰고 있는 건, 당신이 말하는 천박한 차림이라는 걸 안 하기 위해서거든요. 그러니까 어쩔 수 없는—."

"어쩔 수 없다는 말로 넘어가는 발상 자체가 자각에 문제가 있다는 뜻이야. 너는 끼어들지 말았으면 하는군."

"그런 건 제 마음이거든요. 당신이 무슨 권리가 있어서 아키라를—."

뭔가 험악한 분위기가 되고 있을 때—.

"—하지만 기다려라! 기다리는 거다, 여동생이여!"

두 사람 사이에 갑자기 변태 풀 페이스 가면이 나타났다!

여느 때처럼 팔짱을 끼고 멋진 포즈까지 잡았다!

어느새?! 혹시 이 녀석, 『배니시 플립』으로 숨어서 우리 대화를 듣고 결정적인 순간에 모습을 드러낸 거구나! 이 사람은 대체 뭘 하고 있는 거야?!

"당신이 그렇게 말씀하시는 건 이해합니다. 찬성하지는 않지만요. 아오야기 이와오 씨."

응? 아오야기?! 시즈쿠 씨 안의 사람이?!

나도 놀랐지만, 그 이상으로 놀란 건 당연히 아키라였다.

"에에에에에에에에엑?! 하, 할아버지?!"

오오, 할아버지의 성함인가?!

아니 근데, 시즈쿠 씨는 젊은 여성이잖아—?

"그, 그러고 보니 나…… 시즈쿠 씨가 왠지 그립다고나 할까, 어디서 만난 적이 있는 것 같았는데—! 지금 알았어! 젊은 시절의 할머니하고 똑같아!"

"음……! 뭐, 그렇지. 명색이 일국의 대신인데 그 모습 그대로 여기에 로그인하는 것도…… 좀 그래서 말이지. 원하는 사람의 외모를 재현할 수 있다고 해서, 이렇게 한 거다."

"골절이라 움직이지 못하게 돼서 한가했으니까?"

"뭐, 좋은 기회라고 생각했으니까. 게다가 대신으로서 시찰도 겸하고 있다. 여기는 최첨단 기술을 도입한 교육 현장이기도 하니까."

과연 그렇군. 확실히 나카다 선생님도 시즈쿠 씨에게는 깍듯했으니까 높은 사람인 것 같기는 했다.

오라버니나 아카바네 씨에게도 집안사람이 보면 울 거라고 핀잔을 주기도 했으니, 현실에서 아는 사이인 것 같기는 했지만—.

아니, 생각해보면 처음부터 시즈쿠 씨는 특히 아키라에게 호의적이었다.

귀중한『초급 전이석』을 가볍게 넘겨주기도 했으니까. 가치를 몰랐기 때문이기도 하겠지만—.

"그, 그럼 미리 말해줬어야지! 그럼 나도—."

"말하면 너는 꼬리를 보이지 않았겠지. 그 정도의 임시방편은 해낼 수 있는 아이니까."

"으으으으으으……."

아키라는 왠지 무서워하고 있었다.

이거 진짜로 자퇴할 수도 있는 흐름인가?

그건 안 되지!

“죄송합니다아아아아아아앗!”

나는 시즈쿠 씨, 아니 아키라의 할아버지 앞에 서서 몸을 직각으로 굽혀 고개를 숙였다.

“딱히 아키라의 취미 같은 게 아니라, 제가 해달라고 부탁한 겁니다! 소드 댄서는 이런 장비밖에 없는 건 알았지만, 그래도 성능적인 의미에서 꼭 필요해서……! 죄송합니다!”

“호오—? 겉모습에는 아무런 감회도 안 들었다는 건가? 우리 손녀는 그렇게나 매력이 없나……?”

“아뇨, 그건 그쪽 의미로도 완벽했지만요!”

“그럼 성능적인 의미만이라고는 말하기 힘들겠군?”

“어, 으~음…… 하하하하!”

“잠깐, 렌……! 그건 부정해야지—!”

“뭐, 딱히 상관없다. 네가 무슨 생각을 했든, 결국 받아들이냐 마느냐는 이 아이의 선택이니까. 자각이 있느냐 없느냐가 문제지.”

시즈쿠 씨가 슬쩍 아키라를 바라봤다.

“으으…… 죄송합니다—.”

그때, 아키라와 시즈쿠 씨 사이에 아카바네가 슬쩍 끼어들었다.

"자각이 어쩌고 하는 건 집안 문제잖아요. 방식이 마음에 안 드네요. 정체를 숨기고 접근해서 문제를 찾으려고 하다니요. 배려심이 없네요."

"조용히 해줬으면 하는군. 너와는 상관없는 이야기다."

시즈쿠 씨가 아카바네를 뿌리치려 했지만, 그녀 옆에서 이상한 차림을 한 녀석이 고개를 내밀었다.

"하지만 기다려 주시지요! 아오야기 이와오 씨!"

"남의 본명을 큰 소리로 부르지 마라! 게다가 그런 차림새로!"

"훗— 아무래도 한마디 꼭 여쭤보고 싶은 게 있는지라……!"

"뭐냐? 아는 사이라는 인식도 받고 싶지 않으니, 빨리 끝내도록."

"그럼 느긋하게 대화를 나누기 위해, 이렇게 하도록 하지요!"

오라버니가 『배니시 플립』으로 모습을 감췄다.

……아니. 모습을 보이지 않고 말을 걸어서 『무례한 놈, 모습을 보여라!』라며 혼나는 패턴은 얼마든지 봤지만, 모습을 보이고 말을 걸었는데 『무례한 놈, 모습을 보이지 마라!』라는 패턴은 인생에서 처음 보네. 앞으로도 이런 일은 없겠지.

아니 뭐, 나도 사라지는 편이 이야기를 듣기 쉽기는 하다.

모습을 보이면 아무래도 얽혀서는 안 된다는 본능이 움직여서 도망치고 싶어지니까.

멀쩡하게 이야기를 나눈다는 느낌이 안 든단 말이지.

"그래서……?"

"당신은 확실히 아키라 양의 허용할 수 없는 모습을 봤을지도 모르지만— 그러나, 본 것은 그것뿐입니까? 좀 더 다른 걸 보지 않았습니까?"

"음……?"

"그렇습니다. 이건 이 학원에서 아키라 양이 보고 저도 느꼈던 것— 이 세계에서 그녀는 굉장히 즐겁고, 활기차게 보내고 있죠. 미소가 빛나고 있습니다. 세간의 시선이나 사교적인 태도 같은 것 없이, 진심으로 웃고 있다는 걸 잘 알고 있습니다. 당신은 그런 아키라 양의 모습을 보셨습니까?"

"……."

"저는 없군요. 어린 시절부터 때때로 얼굴을 마주했지만, 언제나 뭔가 억눌린 듯한, 새장 속 새 같았지요……! 그런데 어떻습니까. 이 세계에서 그녀는 굉장히 자유롭고 즐거워 보입니다. 마치 다른 사람. 밝고, 명랑하고, 그 모습은 인간적인 매력으로 넘쳐납니다! 당신은 그걸 눈치채지 못했습니까……?!"

"이래 봬도 가족이다……. 눈치채지 못할 리 없지 않나."

"그렇다면—! 사소한 것에 얽매이는 건 그만두고, 좀 더 크게 봐야 합니다! 그녀가 그녀답게 지내기 위해, 과격한 의상이 필요하다면— 마음껏 벗으면 되겠죠! 그리고 빛나면 됩니다! 괜찮습니다. 최종적으로 이건 게임이니 문제없습니다!"

좋은 말을 하는 것 같았지만 다 엉망이 됐다!

"할아버지! 나 말이지! 이 학교 굉장히 즐거우니까, 그러니까 그만두고 싶지 않아! 부탁이야—!"

아키라가 애원하자, 시즈쿠 씨는 후우, 한숨을 내쉬었다.

"뭘 착각하는 건지는 모르겠지만— 딱히 그런 말을 할 생각은 없다. 그저 조금 잔소리를 하고 싶었을 뿐이야. 확실히 저 변태의 말대로, 옆에서 보니 네가 너무 즐거워 보였으니까…… 그것도 저 타카시로 덕분이겠지? 감사는 표해야겠구나. 아키라가 언제나 신세 지고 있다."

시즈쿠 씨가 내게 고개를 숙였다.

"아, 아뇨. 저야말로 덕분에 즐겁게 보내고 있습니다—."

"뭐, 그 차림새를 꾸짖긴 했지만, 나는 이 아이의 아버지만큼 머리가 굳지는 않았어. 앞으로 이게 필요 없을 만한 것을 아키라를 위해 준비해준다고 했던가? 그렇다면 이번에는 나도 눈을 감기로 하지."

"하, 할아버지……! 고마워~~~~!"

"하하하하! 네가 안아오다니 몇 년 만이지?"

그걸 본 오라버니가 훗, 하고 씨익 웃었다.

"아무래도 기우였던 모양이군—."

"아뇨, 오라버니. 오라버니의 말씀으로 마음이 바뀐 걸지도 모르니까요. —정말 감사합니다."

"뭘. 사이가 좋은 건 아름다운 일이니까! 나도 그들을 보고 있는 걸 좋아하기도 하니. —그럼 이만 실례하지."

그러더니 다시 모습을 감춰서 어딘가로 사라졌다!

……뭐, 됐나. 내버려 두자!

"저기저기, 할아버지! 모처럼 클리어했으니까, 다음 층도 보러 가자! 조금이라도 앞으로 가고 싶으니까!"

"그래, 상관없다. 이쪽도 숨기는 게 없어져서 개운해졌으니 말이지. 즐겨보기로 할까."

"오! 그렇구나! 가볼까!"

여러모로 문제도 해결됐으니까, 기분 좋게 공략할 수 있겠군요!

"찬성~! 가자!"

"그래. 가보자."

"그럴까요—!"

그런고로, 한 번 더 간다!

『상급 전이석』도 이제는 없지만, 이후의 낌새를 보다가 잘하면 『상급 전이석』 자체를 얻을 수 있을지도 모르니까!

그렇게 우리는 B81F로 워프했다!

"좋았어, 가자!"

세이브 포인트로 전송되어 『어즈워스 해저 유적군』의 돌벽에 가로막힌 풍경으로 나왔다.

광장 같은 곳이고, 안쪽은 통로로 이어져 있다.

"흠…… 그보다, 딩동 소리가 안 나오네."

언제나 딩동~, 하고 클리어 목표 발표가 나오던데?

"뭐, 길은 있으니까 앞으로 가보자!"

우리는 통로 안으로 나아갔다.

이윽고 입구에 있던 사자 머리를 크게 키운 버전이 박힌 벽에 도달했다.

막다른 길인가—? 갈림길은 없었는데?

“여기까지 잘 왔어. —선택받은 용사여……!”

오? 입구와 똑같은 애니 음성이 사자 머리에서 들려왔다.

“이 문은 문무양도를 이뤄낸 자만이 지나갈 수 있는 시련의 문— 하지만 여기까지 온 너희의 무력을 의심할 여지는 없겠지?”

호오, 잘 알고 있네!

“그렇다면 다음은 문(文)이지! 너희가 여름방학 숙제를 마쳤다는 증거를 가지고 와!”

“““““에에에에에에에에에에엑?!”””””

마에다와 시즈쿠 씨를 제외한 모두가 비명을 질렀다.

“숙제를 학교에 제출하고 지급되는 QR 코드를 여기에 올려줘♪ 그러면 앞으로 갈 수 있어.”

숙제라고?! 그런 걸 했을 리가 없잖아—!

그런 건 보통 종반에 한꺼번에 해치우는 거라고!

“……너희는 가지고 있지 않은 것 같네. 그럼 강제 송환! 바이바~이♪”

그리고 강제 배출된 우리는—.

“““““제…… 젠자앙~~~!”””””

그렇게 목소리를 높였다! 너무나도 비겁하잖아?!

진지한 공략 레이스에 숙제를 들고나오다니!

"……이거야 원, 아키라도 하지 않았을 줄이야—."

"다들 숙제는 빨리 해놨어야지……."

"젠장~, 젠장~, 젠장~!"

"아, 아무튼 서둘러야겠네!"

"으에에에에에에에에~~ 이게 무슨 일이야! 망겜이라구!"

"당했네요……!"

"에에잇, 이러고 있을 수 없어! 바로 돌아가서 숙제를 끝낼 수밖에 없다고!"

"그러게—!"

아키라와 서로 고개를 끄덕인 뒤, 우리는 바로 알아챘다.

"아아아아아아! 우리와 비슷한 소리를 한 사람이 아까 있었어!"

젠장이라든가, 이러고 있을 수 없으니 돌아가야 한다든가!

"유키노 선배와 호무라 선배야—!"

그랬었지, 약간의 차이로 먼저 하데스 로즈를 쓰러뜨린 건가?!

역시 선배들이야! 레벨대가 다르니 난이도는 다르겠지만, 우리가 우물쭈물하는 사이에 추월해버렸어!

"우오오오오오오오! 서둘러어어어어어어!"

우리는 서둘러 수상 코티지로 돌아갔다!

◆◇◆

그런고로 다음 날— 우리의 수상 코티지.

"우오오오오오오오오—! 서둘러 서둘러 서둘러 서둘러—!"

나는 필사적으로 여름방학 숙제와 격전을 벌이고 있었다!

설마 이후의 『어즈워스 해저 유적군』 공략에 『여름방학 숙제를 끝내고 제출하는 것』이 클리어 조건으로 필요할 줄이야!

이건 완전히 예상 밖, 당했다고 하지 않을 수 없다.

애초에 여름방학이라는 건 실컷 게임을 하기 위해서 있는 거지, 숙제 같은 걸 할 상황이 아니라고!

숙제는 시업식에서부터 각 과목의 여름방학 이후 첫 번째 수업까지 비는 1~2일의 시간 사이에 억지로 끝내는 것이다. 오히려 시업식 날에 스타트하는 거다.

수업 시간표를 보면서 빨리 제출해야 하는 것부터 우선도를 정하고, 어쩔 수 없는 경우에는 뭘 포기해야 할지를 계획적으로 판단하는 택티컬한 의식이다.

여름방학이 한창일 때 하는 게 아니야!

—이런 게이머의 생태를 이해해서 그 조건을 넣은 거겠지.

여름방학 중의 이벤트에는 언제나 이런 걸까?

아니, 하지만 3학년인 유키노 선배와 호무라 선배도 함정에 걸린 것 같으니까.

"하아~, 피곤해. 도저히 의욕이 안 나~."

야노가 하품하면서 소파에 데구르르 굴렀다.

"이봐, 거기! 멍하니 있지 마! 서둘러! 집중하라고!"

나는 엄하게 지적했지만, 야노의 반응은 시원찮았다.

"그런 소리를 해도, 큰소리로 아우성치면서 숙제하는 녀석이 있으면 집중할 수 없다구~."

"음…… 아아, 흘러넘치는 나의 기합이 목소리로 나온 거구나—."

"시끄러우니까 집중 못 하겠다구!"

"호오— 즉, 조용해지면 한다는 거군! 그럼 조용히 할 테니까 열심히 해줘!"

"에엑……."

"유우나의 엉덩이를 때리기 전에, 타카시로—."

마에다가 내게 말했다.

마에다만큼은 숙제를 완벽하게 끝낸지라, 수상 코티지에서 공부 합숙 중인 우리의 감독을 담당하고 있다.

"응?"

"거기, 틀렸어. 여기랑, 여기랑, 여기도—."

"어라……?"

"너무 서두르고 있네. 빨리 끝내고 싶은 건 이해하지만, 제대로 고민해야지."

"으그그그극……!"

“이런 건 너무 서둘러도 어떻게 안 되니까, 마이 페이스가 최고라구.”

“유우나는 조금 더 손을 움직이자.”

“윽…… 하지만 그게, 앗키도 손 멈췄잖아! 멍하니 있거든!”

“어? 나? 아, 그, 그러네~.”

“이봐, 아키라도 그러고 있었어? 서두르지 않으면 추월당한다고.”

“아아, 응. 근데 할아버지한테 들켰는데도 허락받았잖아? 그래서 딱히 지금 이대로라도 괜찮을지도— 이런 생각이 들거든? 뭔가 안심이 돼서, 조금 긴장이 풀려버렸어. 내가 집을 너무 무서워해서 그런가~.”

“뭐, 아이의 즐거움을 억지로 빼앗는 건 부모가 할 일이 아니잖아. 그게 평범하다구.”

“그러게. 아키라는 언제나 밝고, 즐거워 보이니까. 그걸 억지로 빼앗는 건 좀처럼 할 수 없는 일이야.”

“응응. 놀라긴 했지만, 결과적으로 할아버지에게 여기서 지내는 나를 보여줄 수 있었으니까.”

“하지만! 공략 레이스를 포기할 이유는 되지 못해! 모처럼 여기까지 왔으니까 이기자고! 나도 조용히 할 테니까 다들 집중!”

“응. 그러게, 렌! 좋아, 하자!”

“네~에.”

사각사각사각사각사각— 한동안 숙제를 푸는 우리의 연필 소리만 들렸지만—.

"아……?! 이건—!"

게임 속 노트북인 『디르의 마탁』을 보던 마에다가 목소리를 높였다.

"응?"

"코토미. 왜 그래?"

"코토미?"

"다들 이걸 봐—!"

그러면서 화면을 우리 쪽으로 돌렸다.

화면에 비친 건, 동영상이었다.

그것도 익숙한 광경— 『어즈워스 해저 유적군』이다.

즉, 이건 게임 플레이 영상인 건가.

"다들 안녕~♪"

여자아이의 밝은 목소리와 함께 두둥 하고 화면에 비친 건— 데스 채리엇 선생님의 모습이었다.

그게 손을 하늘하늘 흔들고 있다.

본가 데스 채리엇 선생님은 이런 움직임을 보이지 않는다.

즉, 이건—.

"데스 채리엇 장비?! 게다가 이 목소리, 에밀리인가?!"

데스 채리엇 장비를 입은 사람이 머리 장비를 홱 벗었다.

그러자 목소리로 예상한 대로 에밀리의 얼굴이 나왔다!

에밀리는 상쾌한 미소를 지으며 이렇게 말했다.

“지금부터 『어즈워스 해저 유적군』의 공략에서 모두의 문제가 되어버린 『하데스 로즈』를 쓰러뜨리려고 합니다♪”

“오오…… 에밀리네도 공략 성공한 건가—!”

“분명 그럴 거야! 그러지 않으면 영상 같은 건 안 올린다구!”

“하지만 왜 이 장비지—? 같은 외모를 가진 다른 장비는 없잖아?”

“다른 장비는 몰라. 역시 데스 채리엇 장비라고 생각하는데?”

그렇다면, 에밀리 일행도 그 장비를 모은 건가?!

뭐, 처음에 오라버니가 장비를 얻을 때 에밀리도 있었으니까.

에밀리라면 나와 똑같은 추측 정도는 했을 거다. 역시 대단해.

“이번 공략은 이 장비와— 이게 열쇠가 됩니다~. 네, 『엘리멘탈 서클』!”

다시 풀 데스 채리엇 장비로 돌아온 에밀리가 『엘리멘탈 서클』을 썼다.

당연히 장비의 숨겨진 효과로 인해 암서클 확률 100퍼센트다.

검보라색 색상의 서클이 전개된다.

오오…… 그렇다면 이거 문장술사인가!

“어라—?! 에밀리, 문장술사로 직업을 바꿨어?!”

“이거, 타카시로하고 똑같은 걸 하려는 거야?!”

"귀찮은 기믹을 전부 무시하는 일격필살 작전이네……!"

"확실히 남은 시간 1분에도 격파할 수 있었으니까, 편하기는 편하지—."

"타카시로를 베꼈잖아! 좀 치사하지 않아?!"

"후후후— 안목이 높군! 내 전술이 프로의 눈에도 들었다는 뜻이잖아? 딱히 상관없어!"

뭐, 에밀리에게는 나의 문장술사 콘셉트나 스킬이나 탤런트 구성 등등 이것저것 말해줬으니까.

그게 도움이 된다고 생각한다면 얼마든지 써도 된다.

나로서도 내가 검증한 결과나 조합한 전술로 인해 문장술사가 재발굴되어 반짝여준다면 그걸로 만족이다.

오히려 모두가 그걸 흉내 내게 된다면 기쁜 일이다.

그건, 내가 해온 일의 가치를 인정해줬다는 뜻이니까.

딱히 보급의 계기가 나일 필요는 없다.

에밀리가 내 방식을 채용해서 대대적으로 동영상을 퍼뜨려준다면, 오히려 대환영이다.

"근데, 이걸로 에밀리네가 지금부터 클리어하는 거 아냐?"

"그렇겠지. 아니면 영상을 올리지 않았을 테니까."

"그럼 다들 흉내 내겠지?"

"기쁘다는 말밖에 안 나오네. 거리에 데스 채리엇 장비를 입은 문장술사가 넘쳐나겠어."

"으~음. 외모는 전혀 안 예쁘네…… 경치를 더럽힌다고 해야 하나—."

"괜찮아! 외모보다는 성능!"

"근데 우리도 아직 『레인보우 가드』 못 얻었잖아?"

"그래. 서둘러 숙제를 해야지!"

"흉내 낸 녀석들이 숙제를 끝내놨다면? 우리 추월당한다구!"

"그건 복잡한 심경이지만! 그래도 벌써 동영상은 올라왔으니까 어쩔 수 없잖아! 이걸 다 보면 스피드를 올리자!"

"한 방 먹었네. 결국 여름방학 숙제를 끝낸 사람이 이기게 되어있다니—."

"어느 의미로는 정말 학생다워서 건전하네."

우리가 이야기를 나누는 사이, 에밀리는 이번 전략의 기본인 로망포의 사양이나 『엘리멘탈 서클』의 성능 등을 설명했다.

역시 마지막 열쇠가 되는 건 『엘리멘탈 서클』 중에서도 암속성 서클이다.

그 효과인 HP 상한 부스트를 사용하여 HP를 두 배로 올려서 딜을 늘리는 거다.

이 『엘리멘탈 서클』은 최근 추가된 새 마법이며, 실은 문장술사의 딜을 폭발적으로 올려주는 효과를 숨기고 있다는 게 가장 주목할 점이다.

그리고, 원래는 속성이 랜덤으로 나오는 『엘리멘탈 서클』을 암속성으로 고정해줄 수 있는 게 데스 채리엇 장비 세트.

이로 인해 노리고 암속성을 꺼낼 수 있기에, HP 상한 부스트에 따른 딜 향상을 전술로 계산할 수 있게 된다.

운에 맡기는 랜덤에 의존하는 건 전술이라고 할 수 없으니까. 그러면 안심하고 채용할 수 없다.

"저기, 렌. 에밀리는 어쩔 셈일까? 이것만으로는 부족하지?"

해설을 보던 아키라가 말했다.

확실히 그렇다. 지금까지 본 에밀리의 해설 영상은 내가 일격필살을 포기하고 일행들만 따로 보낸 단계까지다.

구체적으로 말하면, 『하데스 로즈』의 HP가 3만인데 2만밖에 깎지 못하는 단계다.

여기에 한정 퀘스트 보수로 마미루 사부님에게 배운 철산고(임시)가 조합되어야지만 대미지가 3만을 넘어서 일격필살이 성립된다.

"그렇지. ―하지만 영상은 올라왔으니까, 어떻게든 했을 거야. 분명히."

그때, 영상 속 에밀리가 해설 코너를 접었다.

"―그런고로 실전! 다녀오겠습니다! 가자, 루카스!"

"그래! 아마 바로 끝날 테니까 놓치지 마시길!"

에밀리에게 고정되어 있던 영상 프레임에 들어온 루카스의 모습도 데스 채리엇 장비였다!

"오오―! 그렇구나……!"

2만×2만 = 4만! 즉『하데스 로즈』즉사!

레벨을 유지하면서 직업을 바꾸려면 아이템『진생의 날개』

가 필요하다.

이건 MEP(메리트 포인트) 800점으로 교환할 수 있다.

MEP는 학교 시험 점수가 그대로 지급된다.

즉, 시험 점수 800점 분량이다.

우리는 MEP가 텅 빈 상태여서 누군가를 잡 체인지시킨다는 선택은 처음부터 없었지만—.

뭐, 확실히 데스 채리엇 풀 장비에 『매의 극광석』을 넣은 『지팡이칼』을 든 문장술사를 두 명 준비하면 이야기가 빠르다.

철산고(임시)가 없는 내가 두 명 있는 셈이니까.

“두 명이 됐구나! 과연—!”

“이봐. 이대로 더블 로망포로 『하데스 로즈』를 처리하는 작전이 유행해버리면, 문장술사의 인구가 폭증하겠는데! 잘한다, 좀 더 해라!”

나를 제외하면 거의 보지 못했던 이 직업이 빛을 받는 건 좋은 일이다.

결국은 『엘리멘탈 서클』이 갓 마법이라는 뜻이다.

이로 인해 순간 최대 풍속이 대폭 늘어난 로망포가 세간의 주목을 받게 된 것이다!

『엘리멘탈 서클』이 없었다면 1만 정도의 대미지가 한계고, 그걸로 하데스 로즈를 잡으려면 3~4인이 필요해지고, 그러면 『어즈워스 해저 유적군』을 내려가는 길이 매우 힘들어져서 공략할 수 없게 된다.

두 명으로 끝나는 레벨까지 딜이 올라갔기에, 이 국면에서 로망포 투입도 가능해졌다. 이거이거, 검증한 보람이 있네!

"하하하…… 이런 반응은 렌답네~. 자신이 만족한다면 좋은 거지?"

"그럼그럼! 그런 셈이지!"

이런 말을 하는 사이 동영상의 무대는 『하데스 로즈』가 있는 B80F로 바뀌었다.

전투 개시.

에밀리와 루카스가 동시에 돌진해서—.

두 사람의 오의가 동시에 작렬! 그리고 쓰러지는 『하데스 로즈』.

가볍게 쓰러뜨린 것처럼 보이지만, 이것에 도달하기까지의 과정이 중요하지 막상 성공했을 때의 영상은 이런 법이다.

하지만 이게 좋다. 이러면 나도 흉내 낼 수 있다. —그렇게 생각하는 때야말로 붐이라는 게 일어나니까!

"자! 이렇게 클리어했습니다♪ 참고로 문장술사에 관해서는 본교 1-E의 타카시로 렌 군이 조합한 세팅을 거의 그대로 참고했습니다! 스페셜 땡스! 렌, 고마워~!"

"천만의 말씀!"

나는 영상 안의 에밀리에게 대답했다.

"아, 다행이네. 그렇게 말해주면 고맙지~. 사전에 연락하고 싶어서 어제 연락했었는데 연결되지 않아서—."

"응? 아아— 미안. 조금 바빴으니까."

그렇게 태연하게 대답하던 나는 눈치챘다.

리얼 에밀리가 눈앞에 있잖아!

"오오?! 에밀리! 어느새?!"

"지금이야 지금! 역시 렌에게는 한마디 양해를 구해야 할 것 같아서. 렌이 했던 걸 거의 그대로 썼으니까."

"아, 물론 상관없어. 이걸 계기로 문장술사가 유행할지도 모르니까."

"하지만 두 사람이나 문장술사로 바꾸다니 마음 굳게 먹었네."

아키라가 에밀리에게 물었다.

"『전생의 날개』는 가지고 있었으니까! 루카스네는 반대했지만, 나는 렌을 지켜보고 있었으니까 무조건 가능하다고 생각했어! 비인기 직업이 대활약하는 모습을 보면 즐거우니까!"

응응. 바로 그거다. 안목이 높네!

"근데— 공략법을 베꼈으니까 그 대신 가르쳐줘. 그 앞에 있던 숙제의 벽을 넘으면 『레인보우 가드』 얻을 수 있어?"

"어? 아아, 렌네도 클리어했구나! 역시 빠르네!"

"그래, 바로 어제긴 하지만."

"그럼 분명 거의 동시겠네!"

"그리고 그 앞에 있던 숙제의 벽에서 발이 묶였어. 그 너머를 알고 싶다구!"

“응응. 그건 말이지. 실은—.”

“실은?”

“나도 몰라!”

“에엑?! 무슨 소리야?!”

“그쪽하고 똑같아! 우리도 숙제를 못 끝냈거든!”

“에에에에에엑?!”

“그래서 서둘러 돌아와서 해야 했어! 게임 클리어 조건에 현실 숙제를 들고나오다니 한 방 먹었다니까!”

“그런데 영상을 공개해버리면, 숙제를 이미 끝낸 녀석들이 흉내를 내서 추월당하잖아!”

“그건 그거, 이건 이거지! 영상을 만드는 건 스폰서의 지시이기도 했으니까. 아무튼 다들 숙제 힘내자! 그럼, 나중에 봐!”

에밀리는 그렇게 말하고는 잽싸게 돌아갔다.

“그래! 그럼 나중에 보자, 에밀리!”

에밀리를 배웅한 우리가 할 일은 정해져 있다.

“결국 이것밖에 없어. 우오오오오오오오오—! 서둘러 서둘러 서둘러 서둘러—!”

“그러니까 시끄럽다고 했잖아! 집중할 수 없다구!”

“처음으로 돌아왔네…….”

“아, 맞다! 저기, 기왕 이렇게 됐으니까 내일은 기분 전환하지 않을래? 오늘 중에는 안 끝날 것 같으니까—.”

“응? 길드 하우스에서 하자구? 아니면 학교 도서관이라는

가……?"

"아냐. 현실의 우리 집은 어떤가 해서……."

"오오! 그러고 보니 뭔가 맛있는 걸 먹게 해준다고 했었지."

"응응! 이번 이벤트가 끝나면 초대하려고 했었는데, 아직 완전히 끝난 건 아니지만 『하데스 로즈』는 쓰러뜨렸으니까 타이밍은 괜찮은 것 같아서!"

"초대해주는 거야?! 앗키네 집 굉장하잖아! 기대되네! 근데 멀지 않았어?"

"확실히 요코하마였지? 이동은 좀 걸릴지도."

나는 도쿄고, 마에다와 야노는 치바다.

요코하마에 갈 수 없는 건 아니지만—.

"이동 시간을 고려하면 좀 그런가…… 숙제를 서둘러야 하니 말이지."

"괜찮아. 마중 가는 차 안에서 숙제할 수 있게 커다란 차로 갈 테니까!"

"마중 가는 차?!"

뭐야 그거, 들어본 적이 없는 단어인데!

적어도 친구네 집에 놀러 가는 데 그런 걸 들은 적은 없어.

역시 아키라는 진짜로 부잣집 아가씨라는 걸 새삼 느꼈다.

"응응. 내일 모두의 집까지 마중 나갈 거니까!"

"오오. 가기 전부터 이미 굉장하네…… 들어본 적 없는 단어라구."

"그, 근데 거기까지 해도 돼?"

"괜찮아! 할아버지도 데려오라고 말했고, 숙제는 서둘러야 하잖아? 그럼 이동 중에도 해야지!"

"그럼 뭐, 기왕 이렇게 됐으니 가보기로 할까!"

"오~! 기대되네!"

"그러게. 실례할게."

"해냈다! 아, 그리고 오늘은 없지만 노조미도 아마 올 거야."

"오, 알았어!"

그런고로, 내일 숙제의 무대는 수상 코티지가 아니라 아키라의 집이 되었다!

제 8 장 그리고, 새로운 칭호를 얻었습니다

그날 밤늦은 시간—.

나는 UW에 로그인했다.

내일 일행들을 집까지 초대하기 위한 준비도 하고, 미리 들어둔 모두의 좋아하는 음식을 내달라고 집의 주방장들에게 부탁도 했고, 그 자리에 없었던 노조미와도 연락해서 권유했다.

우리 집과 노조미의 집은 관계가 좋지 않지만, 할아버지는 노조미가 우리 집에 오는 걸 허락했다.

다소 씁쓸한 표정이긴 했지만, 안 된다고 말하지 않았던 건 지금까지의 일을 생각하면 굉장한 일이다.

아무튼, 내일은 현실의 렌과 만난다!

게임에서 알게 되고 나서 몇 년이나 흘렀지만, 현실에서 만나는 건 처음이다.

줄곧 만나고 싶었는데— 그게 내일, 현실이 되는 거다.

그렇게 생각하니 기쁘지만, 왠지 가슴이 꽈악 조여들고 두근두근한 느낌도 들어서—.

아무튼 내일 준비를 면밀하게 하고자 평소보다 오래 목욕하거나, 내일 화장에 쓸 도구도 새로 늘어놓거나—.

아무튼 내일은 마중 가는 차에 나도 탈 거니까, 특별히 예쁜 미소로 렌을 맞이해야겠지!

게임에서보다 현실이 더 귀엽다. —그렇게 생각해줬으면 하니까……!

그렇게 둥실둥실 들뜬 기분으로 내일 시뮬레이션을 돌리고 있는데, 노조미가 호출을 보냈다.

요전에 밤중에 둘이서 대화를 나눴을 때는 최근 우리의 활동 거점이었던 수상 코티지를 썼지만, 이번에는 이세계 사마르가 아니라 일반적인 세계인 부유도시 티르나다.

그것도 우리 길드 하우스가 아니라 길드숍 거리에 있는 임공(臨空) 공원. 그 이름대로, 도시 외곽에 있는 공원이라 하늘과 인접해 있다.

전망은 최고여서, 지금 시간에는 난간 달린 펜스 너머에 그림으로 그린 듯한 아름다운 밤하늘이 펼쳐져 있다.

그런 로맨틱한 광경 속에서— 나를 부른 노조미가 입을 열었다.

"—타카시로를 집에 초대한 건 잘했어요. 칭찬해줄게요."

"하아— 고, 고마워요. 할아버지도 데려오라고 했었으니까, 다행이에요."

"오라버니도 말씀하셨듯이, 타카시로와 즐겁게 보내는 당신은 참 좋은 얼굴을 하고 있으니까요. 그걸 본다면 다소 문제가 있어도 간단히 퇴학시킬 수는 없고, 당신에게 좋은 영향을 주는 타카시로를 정중하게 초대하려는 것도 이해는 가요."

"렌 덕분—이네요."

"정말로 그렇거든요? 타카시로와 함께 있지 않을 때의 당신은 어두우니까요."

"아하하하…… 그럴지도—."

"그렇기에, 타카시로는 당신에게 필요한 사람이라고요? 아시겠나요?"

"그건— 네. 물론이죠."

"그렇다면—! 당신에게는 내일, 해야 할 일이 있어요!"

"알고 있어요. 아주 예쁘게 꾸며서—."

"물러요! 무르다고요!"

노조미가 나를 척! 삿대질했다.

"에엑?! 그럼 어떻게 하라는 거예요……!"

"역시 마음을 고백해야죠! 쇠뿔도 단김에 빼랬다고, 당신에게는 타카시로가 필요하니까요! 다른 사람에게 빼앗기고 나서는 늦어요! 할아버님도 타카시로를 인정하고 계시니까, 아무 문제도 없잖아요?"

"그, 그그그래도 그렇게 갑자기— 내일은 그렇게까지 할 생각은 없다고나 할까, 아직 마음의 준비가……."

"그럼 그 준비라는 건 언제 되는 거죠?"

"그, 그건…… 몰라요."

"그렇겠죠. 그건 그냥 도망치는 말이니까요. 준비는 자연스레 되는 게 아니라, 해야 하는 거라고요! 제가 어울려줄 테니까, 예행연습을 하세요! 그러지 않으면 여차할 때 꽁무니를 빼게 될 테니까요!"

"예행연습이요……?"

"그래요! 자, 저 하늘을 향해, 타카시로를 향한 마음을 힘껏 외쳐봐요! 여기는 타카시로도 안 오니까, 마음껏 목소리를 내는 거예요! 주변에 사람도 없잖아요?"

확실히. 밤의 공원은 우리 말고는 아무도 없다.

눈앞에 펼쳐진 밤하늘을 향해 힘껏 외쳐도, 우리 말고는 닿지 않을 거다.

"이, 이걸 시키려고 여기에 부른 건가요……!"

"수상 코티지나 길드 하우스에서는, 어쩌면 들킬지도 모르니까요."

"그, 그래도……!"

"마음을 목소리로 내는 연습이 필요해요! 여차할 때를 위해서라고요! 자, 말해봐요. 이게 자신의 마음을 더욱 확실히 다지는 방법이에요. 의외로 기분 좋다고요?"

"저, 저기…… 레, 렌— 언제나 고, 고마워…… 저, 정말 좋아해……?"

우와아. 입 밖으로 내버렸다!

이렇게 말하면 렌은 무슨 표정을 지을까—? 기뻐해 줄까?

만약 나도 좋아한다고 말해준다면— 우와아! 그거 좋겠

네……!

"어떤가요? 생각하는 걸 입 밖으로 꺼내 본 감상은?"

"꽤 좋을지도 모르겠네요……. 왠지 두근두근하고—, 몸이 뜨거워졌어요."

"그럼 계속해봐요! 좀 더 커다란 목소리로, 또렷하게 입 밖으로 꺼내는 거예요! 진짜로 고백할 때의 말도 생각해봐야 하니까요."

노조미의 재촉을 받은 나는 한동안 고백 예행 연습을 했다.

점점 대담해져서, 큰소리로 좋아해~, 라고 외칠 수 있게 되었다.

확실히 이거, 조금 기분 좋네. —부끄럽기는 하지만.

한동안 하다가 조금 쉬고—.

"실제로, 이렇게 말하는 게 좋은 걸까요……?"

"저는 어떤 이야기에서 보고 좋아하게 된 정열적인 고백 대사가 있어요. 시험해보겠나요?"

"오오…… 어떤 건가요?"

나는 노조미에게 물었다.

◆◇◆

나는 수상 코티지에서의 숙제가 해방된 뒤에도 현실의 집에서 숙제를 계속하고 있었다.

내일은 아키라의 집에 모여서 숙제하게 되었지만, 가능하면 여기서 끝낼 수 있게 지금 여기서 해둔다!

"우오오오오오오오오! 서둘러 서둘러 서둘러—!"

그렇게 마구마구 숙제를 진행하고 있는데—.

방 문이 열리면서 조금 기겁한 얼굴의 엄마가 나왔다!

"렌. 용케도 그렇게 외치면서 숙제를 하네. —반대로 굉장해."

"아니, 왠지 자연스럽게— 근데 무슨 일이야?"

"저녁밥이야아~, 빨리 먹으렴."

"알았어! 좋아, 잠깐 쉴까—."

손을 멈추고 저녁을 받았다. —참고로 오늘은 새우튀김. 맛있습니다.

오오, 그러고 보니 내일 일정을 말해야겠다.

"아, 그러고 보니 엄마. 내일 나 외출할 거니까. 아침에 친구네 집 갔다 올게."

"어머, 그러니이? 누구네 집?"

"아키라네 집!"

"와아! 걔는 렌과 예전부터 게임에서 놀았다는 아이지? 보호자 참관 때 봤는데, 굉장히 귀엽더라아. 뭐어, 렌의 친구는 다들 귀여웠지만."

"음…… 뭐, 그렇지."

우리 길드에 미소녀들이 모여있는 건 사실이다. 그건 인정한다.

온라인 게임 안에 있는 사람의 비율 같은 걸 고려하면 기적적으로 낮은 확률이겠지.

"집에 간다는 건, 데이트?! 혹시 사귄다거나?!"

세상의 엄마는 다들 이런 화제를 좋아한다는 이미지가 있는데, 우리 엄마도 예외는 아닌 모양이다. 눈이 반짝반짝 빛난다!

"아니아니, 모두 함께 숙제하는 거야! 그리고 현실에서는 내일 처음 만나는 거니까!"

"그래? 하지만 그거 좋네에. 렌도 현실 여자아이와 친해져야지."

"게임에서 언제나 만나는데?"

"실제로 만나야지만 알 수 있는 장점 같은 것도 있는 법이야아. 분명히."

"만나야지만— 이라……."

으~음. 하지만 그거다. 기대되기는 기대되지만—.

외모는 게임에서도 현실의 외모를 스캔했으니 똑같을 테니까.

아아, 게임의 아키라는 머리색이 핑크 계열이지만, 그건 달라질 거다.

현실에서도 머리가 핑크였다면 기죽겠지.

나머지, 만져보고 느끼는 부드러움이나 온기 같은 건 게임에서도 있었으니까.

그 게임은 그쪽이 쓸데없이 리얼하단 말이지.

아아, 그래도 사람의 냄새까지는 나지 않으니까 그건 차이가 날지도 모른다.

전에 카타오카가 파티에 여왕벌이 가득해서 좋은 냄새가 나니 어쩌니 하는 환각을 봤지만, 사람의 냄새는 나지 않습니다!

현실의 아키라는 분명 좋은 냄새가 나겠지. 그건 솔직히 기대하고 있다!

"렌에게도 여친이 생기면 엄마도 안심할 수 있고, 기쁠 텐데 말이야아~. 그 학교 여자아이라면 렌과 취미도 맞으니까 괜찮을 것 같은데."

"아니아니, 그렇게 말해도—."

"아키라는 귀엽고, 예전부터 렌과 친하게 지낸 모양이니까 딱 어울린다고 생각하는데…… 안 그러니?"

"그쪽의 사정도 있으니까 말이지~."

"어머? 렌은 어떤데?"

"으~음…… 아니, 뭐—."

그야 뭐 아키라는 귀엽고, 내가 봐도 우리는 친하다고 생각하고—.

서로가 마이 베스트 프렌드니까!

언제나 함께 게임을 즐길 수 있다면 좋겠다고 생각하지만—.

"뭐, 일단 밥 먹고 다시 숙제나 할게!"

"그래. 숙제를 열심히 하는 건 중요하지. 밥은 더 필요하니?"

"더 줘~!"

"그래그래. 잠깐 기다리렴~."

그리고 밥을 다 먹은 내가 방으로 돌아가자—.

학교의 시스템을 사용한 메시지가 당도해 있었다.

보낸 사람은 시즈쿠 씨다.

시즈쿠 씨는 젊은 여성의 외모지만, 알맹이는 아키라의 할아버지니까—.

현실의 할아버지는 어떤 느낌일까? 굉장히 위엄 있는 모습일까?

그건 그렇고, 내용을 확인—.

"음? 할 말이 있으니까 바로 게임에 로그인했으면 좋겠다……라. 장소는 부유도시 티르나의, 길드숍 거리 근처 임공 공원—?"

어라? 시즈쿠 씨가 이세계 사마르가 아닌 곳에서도 액세스할 수 있던가?

무리 아니었나?

아니, 하지만 그건 VIP 파워인가. 나카다 선생님이 시즈쿠 씨에게 보인 태도를 생각하면 그 정도는 가볍게 OK 해 줄 것 같다.

뭐, 아무튼 부르고 있으니 가볼까요!

◆◇◆

그리고, 내가 로그인해서 지정 장소로 가자—.

공원 입구에서 시즈쿠 씨가 팔짱을 끼고 서 있었다.

외모는 미인 어른 여성이지만, 알맹이는 아키라의 할아버지다.

캐릭터와 안의 사람이 다른 성별인 건 드물지 않지만, 할아버지 세대의 넷카마 플레이어는 처음 본단 말이지!

외모는 아키라의 할머니가 젊은 시절일 때의 모습을 재현했다고 한다.

그러고 보면 조금 아키라를 닮은 것 같기도 하고?

"아, 시즈쿠 씨. 안녕하세요!"

"여어, 타카시로. 불러내서 미안하군."

"아뇨아뇨. 근데, 저한테 무슨 용건이시죠?"

"아. 꼭 보여주고 싶은 게 있어서. 따라와라."

"알겠습니다!"

"모습은 감춰야겠지……. 이걸 받아라."

시즈쿠 씨가 내게 건넨 건『프리즘 샌드』라는 아이템이었다.

효과는 소드 댄서가 쓰는『배니시 플립』과 비슷한 것.

모습을 감춰서 투명하게 해준다. 뭐, 주로 몬스터를 피해서 은밀 행동을 할 때 쓴다.

……근데, 거리에서 이걸 쓰는 의미는?

우리는 오라버니처럼 남들이 보면 부끄러운 차림새가 아닌데.

"네……? 어째서죠?"

"들키면 곤란하니까. ―뭐, 딱히 위험한 일은 아니야. 아무것도 묻지 말고 따라와 줘."

"응? 알겠습니다."

그렇게 모습을 감춘 우리는 공원 안으로 들어갔다.

이윽고 도시의 가장 외곽, 난간이 달린 펜스 바로 앞이 밤하늘이 된 곳에서.

그곳에는―.

"어라…… 아키라잖아."

난간에 몸을 내밀고, 밤하늘을 향해 뭔가 외치고 있다.

그 옆에는 아카바네도 있다. 이 두 사람도 완전히 친해졌네.

"이봐~, 아키라―."

"쉿! 조용히……! 그대로 조용히 접근하는 거다―!"

"네……?"

그리고 계속 다가가자―.

아키라의 목소리가 확실하게 들린다.

그리고, 외치는 내용은―.

"렌~~~~~~! 너를 좋아해에에에에에~~~~~~! 너를 원해에에에에에~~~~~~! 렌~~~~~~~~!"

……뭐?! 아니, 이게 뭐야. 이거 들어도 괜찮은 건가?!

시즈쿠 씨, 이걸 나한테 들려주려고……?!

이런 일이 있어도 되는 건가—?!

"시, 시즈쿠 씨……! 이건 들으면 안 되는 거잖아요……?! 빨리 떨어져야죠!"

"바보 같은 소리. 그래서는 너를 데려온 의미가 없지."

시즈쿠 씨는 말하기가 무섭게 모습을 드러내서 짝짝 손뼉을 쳤다.

그 목소리를 알아챈 아키라가 움찔 놀라며 시즈쿠 씨를 봤다.

"음. 좋은 목소리를 내더구나, 아키라. 기합이 들어갔어."

"하, 할아버지?! 어, 어어어어어째서 이런 곳에 있는 거야아아아아?! 노, 노조미?! 이건 대체 무슨……?!"

"놀라기는 아직 일러요. 시즈쿠 씨, 계획대로 되었나요?"

"그래. 자, 타카시로. 이쪽이다. 이제 나와도 돼. 확실히 들었겠지?"

"네, 네에…… 뭐어—."

이래서는 나도 모습을 드러낼 수밖에 없어서, 시즈쿠 씨를 따라 모습을 드러냈다.

내 모습을 보자, 당연할지도 모르지만 아키라가 비명을 질렀다.

"꺄아아아아아아아아아아아?! 렌?! 으아아아아……!"

아키라는 부들부들 떨었다.

아카바네는 그 모습에도 아랑곳하지 않은 채 내게 미소를 보냈다.

"이렇게 됐으니까 뒷일은 부탁할게요, 타카시로. 아키라, 이건 제가 주는 선물이라고 생각해주세요. 우정의 증표인 셈이죠. 당신의 페이스로는 사태가 느릿느릿 흘러갈 테니까요. 빠르게 해드렸어요."

"타카시로여. 내일 우리 집에 온다고 했었지?"

"네, 네에—."

"아키라가 이 학원에서 그렇게나 활기 넘치게 보내는 건 네 덕분이다. 그런 사람은 인생에서 좀처럼 만나기 힘든 법이지. 그러니 내일은 너를 아키라의 남편 후보로 대접하고 싶어서 말이다. 뭐어, 나도 아오야기가에는 데릴사위로 들어왔으니까. 차차 익숙해질 거다."

"으, 으음—."

"하, 할아버지. 무슨 소리야아아아아아! 렌이 곤란해하잖아! 바보오오오오오!"

"오오, 손녀가 화가 났군. 그럼 뒷일은 부탁하마. 내일은 기대하고 있겠어. 그럼 갈까, 노조미."

"네. 알겠어요. 그럼 실례할게요."

시즈쿠 씨와 아카바네의 모습이 팟, 하고 사라졌다. 로그아웃한 거다.

그리고 멍해진 나와, 울상인 아키라만 남았다.

"……."

"……."

뭐라 말해야 좋을지 망설이는 사이에, 침묵이 이어져서 더더욱 분위기가 무거워졌다.

이럴 때 뭐라 말해야 좋을까…….

경험이 없으니 잘 모르겠습니다!

"레, 렌, 뭐라 좀 말해봐……! 나는 아까 말했던 그대로니까—!"

아키라가 내게서 고개를 돌리며 말했다.

그럼, 나는— 내 리액션은—!

나는 난간에서 몸을 내밀면서 밤하늘을 향해 외쳤다—.

"나도 좋아해에에에에~~~! 앞으로도 잘 부탁해~~~~!"

큰소리로 입 밖으로 내자, 왠지 등골이 짜릿해졌다.

—이거 상상 이상으로 부끄럽네!

아키라도 했으니까 맞춰서 하려고 했는데, 꽤 힘들다!

아키라는 용케 이런 일을 했네—.

"그러니까 잘 부탁합니다……!"

"레, 렌— 게임 캐릭터를 연인으로 삼는다거나 결혼하는 게 아니거든?! 알고 있어? 현실 이야기라고?! 아니, 현실에서는 한 번도 만난 적 없긴 하지만. 그래도, 그런 거지?"

"알고 있어 알고 있어. 그렇게까지 현실과 게임을 구별하지 못하는 사람은 아니라고!"

"그치만 렌은 게임 바보니까……."

"뭐, 게임 바보의 생각으로도 이게 최적의 해답이잖아! 앞으로 계~속 함께 게임을 즐기려면 사귀거나 결혼하는 게 제일 좋을 것 같아서!"

"아하하하하……! 렌답네~~! 확실히 그건 그래!"

내 대답을 듣자, 아키라는 눈물이 맺힌 채 웃었다.

"아니, 웃고는 있지만, 나도 나름대로 진지하게 생각한 거야. 이 학교에 들어오기 전부터 아키라와 게임 하는 건 즐거웠지만— 여기에 와서, 안에 있던 사람이 굉장히 귀여운 여자아이라서 깜짝 놀랐으니까."

"응응. 렌은 나를 남자라고 믿어 의심치 않았으니까."

"그렇단 말이지! 그래도 놀라기는 했지만, 지금까지와 똑같은 느낌으로 함께할 수 있었고, 어느새 예전보다 더 즐거워졌으니까. 어리광일지도 모르지만, 지금은 이제 아키라가 곁에 있지 않으면 마음이 진정되지 않는다고나 할까— 싫어졌어. 그래서 『레인보우 가드』도 진심으로 얻고 싶었던 거야."

"렌— 그러게. 굉장히 노력했으니까."

"뭐, 나라도 알 수 있는 건, 아키라는 특별하다는 거야. 난 게임 바보니까. 매일 함께 게임 하는 것만으로도 만족하고 있으니 와닿지 않는 구석이 있을지도 모르지만— 그래도 뭐, 지금의 우리에게 남친이나 여친, 연인, 그런 칭호를 주는 거라면 반대할 이유는 전혀 없어. 상대가 아키라니까."

"응…… 그렇구나. 진지하게 생각해준 거지? 알았어."

아마, 눈물의 이유가 달라진 듯한—.

애절한, 그러면서도 기뻐 보이는— 그런 미소를 지은 아키라가 나를 바라봤다.

"그래. 이런 마음을 한 마디로 압축하고, 아키라식에 맞춰서 이렇게 된 거야!"

"내 방식이 아니거든! 그건 노조미가……! 정말~ 흉내 내지 않아도 괜찮았는데!"

"뭐, 이미 끝난 일이니까. 내 머릿속에서도 이건 아마 평생 세이브되어 있을 거야."

"아아아아아아~~!"

아키라는 머리를 부여잡았다.

"후— 후후후후……."

"오오? 갑자기 왜 그래?"

"그렇게 부끄러운 경험을 했으니까. —이제 이렇게 되면 덤으로 내가 하고 싶은 것도 할 거야!"

반짝이는 눈이 나를 바라봤다.

"오, 오오……? 뭘 할 작정—."

아키라 팔이 내 목을 와락! 끌어안았다.

그리고 아키라는 발돋움을 했고, 그림 같은 미소녀 페이스가 점점 다가오더니—.

"이, 이봐, 아키라—! 잠깐만, 뭘……?"

"그야 뭐, 이 자세라면 알잖아? 키스할 거야!"

"아니 여긴 바깥이잖아. 게다가 이렇게 갑자기—!"

"그치만 나, 연애 직결충인걸. 렌 곁에 있을 때는 언제나 이러고 싶었거든? 그러니까 갑자기 이러는 게 아니라, 할 때가 찾아온 거야! 그런 일이 있어서 부끄러웠으니까, 겸사겸사 할 거야."

"그, 그렇다고 해도……."

"우리는 뭐지? 아까 새로운 칭호 얻었잖아?"

"그, 그렇지. —연인이라든가, 남친 여친이라든가……."

"그럼 아무 문제도 없네요~! 자, 단념하고 얌전히 눈 감아!"

"네, 넵……."

에에잇, 단념했어! 단념했다고!

갑작스러워서 놀랐지만, 확실히 아키라의 말대로 아무 문제 없다. 여기가 바깥이라는 것 말고는.

이렇게 됐으니 이 상황을 즐기겠어—!

내가 눈을 감자, 아키라의 숨결을 알 수 있을 만큼 얼굴이 다가와서—.

뿌~~~~! 빠지이이이이이익!

경보 같은 소리와 함께 뭔가 튕기는 듯한 충격이 내달렸다!

"앗?!"

눈을 떴다. 로그와 경보음이—!

윤리 코드 위반입니다! 불순 이성 교제는 금지입니다!

오오, 이런 시스템이 있었나—?! 하긴, 여기는 학교니까!
이런 일을 하려고 하면 동작을 강제 캔슬하는 건가?
나는 조금 휘청거린 정도로 그쳤지만—.
키스를 실행하려던 아키라는 상당한 충격을 받아서 날아갔다.
현장은 밤하늘에 인접한 임공 공원. 그리고 아키라는 바깥쪽으로 날아갔다.
높이 날아오른 그 몸은, 공원 펜스를 가볍게 넘어서— 그대로 하늘로 다이빙했다!
"으꺄아아아아아아아~~~~아아아아~~아아……."
비명이 꼬리를 잇듯이 멀어지다가 사라졌다.
"아키라……?! 떠, 떨어졌어—?!"

아키라는 힘이 다했다…….

아, 추락사 로그가—!
으음…… 지금 일어난 일을 요약하면—.
『난생처음 여친이 생겼다 싶었는데, 나에게 키스하려다가 날아가서 죽었다』인가…….

무슨 말을 하는지 모르겠다고 생각하겠지만, 이것이 있는 그대로 설명한 사실입니다—!

"으, 으~음…… 아무튼 돌아갈까. 지금 설정이라면 수상 코티지에서 부활하겠지."

그리고 나는 돌아가려고 이동을 시작했지만—.

삐빅.

오. 메시지다. 아키라한테서 온 거다.

찾지 말아 주세요…….

응. 뭐, 그건 부끄러움에 부끄러움을 얹은 셈이니까—.

그래서 이날은 나도 그대로 로그아웃했고, 다음 날 아침—.

딩동~.

현실 집의 벨 소리가 울려서 현관으로 나가자—.

"조, 좋은 아침. 렌…… 어, 어제는 미안해?"

난생처음 만나는 현실 여친 아키라 씨는, 터무니없이 부끄러워하며 그렇게 말했다!

에필로그 잡 체인지!

그 이후—.

결국 우리가 여름방학 숙제를 컴플리트하고 그 문 너머로 들어가자—.

이미 다른 팀이 『레인보우 가드』를 얻어버려서 남은 건 하나도 없었다!

단지, 우리보다 한발 빨랐다는 유키노 선배&호무라 선배 일행도, 더블 로망포로 공략 영상을 올린 에밀리 일행도 숙제를 해결하는 사이 추월당한지라 얻지 못했던 건 애교다.

그 이후, 반성을 살려서 장기 방학에 돌입하면 먼저 숙제를 끝내는 행동 루틴으로 변한 우리의 성적이 더욱 올라갔다는 건 말할 것도 없다.

그리고 우리를 추월한 다른 팀들은 모두 에밀리 일행의 전술을 채용했기에, 그 이후 문장술사의 인구는 서서히 증가하게 되었다.

『엘리멘탈 서클』의 연구도 진행되어서, 데스 채리엇 장비의 암서클만이 아니라 광서클이나 다른 서클을 노려서 쓸 수 있는 장비 세트도(주로 내 손에 의해) 개척되어서 일격의 위력으로는 타의 추종을 불허하는 로망포 직업으로 인식되

게 되었다.

『엘리멘탈 서클』에 의해 필요 최저한의 솔로 전투 능력을 얻게 된 게 크다. 순간 폭딜이라는 장점이 돈 낭비 필수&솔로가 약해서 쓰기 힘들다는 단점을 웃돈다는 평가를 얻을 수 있게 된 거다.

돈을 날리는 건 필수지만, 순발력은 최강.

보스전용으로 넣으면 무시무시한 스펙을 발휘한다—.

게임 내부 공략본에 그렇게 적히는 날도 가깝겠지.

나와 아키라는 어떠냐면, 아카바네나 시즈쿠 씨의 꿍꿍이대로 흘러간 우리는 그대로 변함없이 친하게 지내고 있다.

주변에서는 사귀게 되었는데도 얼핏 봐서는 예전과 그리 달라진 게 없다고 말한다.

하지만 다들 모른다—.

너무 지나치면 윤리 코드 위반으로 날아가게 된다는 사실을—.

처음에 날아가서 추락사했던 날 이후에도 아키라는 몇 번 날아갔다.

뭐, 그 이후에는 때때로 아키라네 집에 초대를 받아서 가기도 했다.

그렇게 여름방학이 끝나고 가을이 오고, 겨울방학이 오고, 봄방학이 오고—.

우리도 2학년으로 진급하는 날이 찾아왔다!

나는 길드 하우스 창문에서 바깥을 왕래하는 플레이어들을 지켜봤다.

"오오오~. 올해 신입생은 문장술사가 꽤 많네~!"

그 노답스의 왕이라 불리던 시절이 그립구나!

"뭐, 그 여름방학의 공략 영상이 계기가 됐고, 그 이후에도 렌이 여러모로 날뛰었으니까~. 덕분에 봐봐, 올해 공략본!"

아키라가 올해의 『UW 가이드북』을 보여줬다. 어디, 문장술사의 평가는—?

디폴트로는 지원 능력도 신체 능력도 빈약한 후위 직업.

그러나 탤런트 『암기사』, 『파이널 스트라이크』 등을 넣으면 일격필살의 고화력 직업으로 변한다.

레벨이 올라갈수록 가속되는 돈 소비.

결코 쓰기 편하지는 않은 솔로 성능.

모든 것에 눈을 감고, 일격 대 대미지의 로망을 추구하자!

으~음, 로망이 넘치는 코멘트!

뭐, 이렇게 나온 건 카타오카의 움직임이 있었던 결과겠지?

이것에 이끌려서 다들 해보려는 건가.

나로서는 1년에 걸쳐 검증과 실천을 반복했던 결과가 나와서 기쁘다!

"음음! 알아주는구나 공략본! 이제 문장술사를 노답스의 왕이라고 부르는 녀석은 없겠지!"

"그러게~. 직업 랭크 평가도 B가 되어서 크게 올라갔네!"

"원래 상정했던 후위 사양과는 전혀 달라졌지만—."

듣고 있던 야노가 코멘트.

"그런 자유도도 이 게임의 좋은 점이야. 즐겁잖아."

마찬가지로 듣고 있던 마에다도 말했다.

"뭐~, 그렇지. 타카시로가 이것저것 하는 걸 보는 건 즐거우니까."

"그래도 그거네~. 이제 문장술사가 점점 늘어나면, 렌도 선구자로서 모두에게 거들먹거릴 수 있겠네."

"어? 그런 건 안 할 건데? 그보다 나, 문장술사 그만둘 거야."

""""어?""""

다들 목소리가 합쳐졌다.

"사실 이미 그만뒀거든?"

"우와아아아아앗?! 지, 진짜다. 비스트 테이머가 됐어!"

"잠깐— 뭐 하는 거야?! 앞으로 시대가 찾아올 건데……?!"

"무, 무슨 대담한 짓을…… 그래도 되는 거야? 타카시로?!"

"응? 그야 물론이지. 문장술사가 노답스의 왕을 졸업했다면, 나도 졸업하는 게 당연하잖아? 나는 못난 녀석을 마개조하고, 각성시켜서, 자이언트 킬링하는 걸 좋아하는 거라고! 마개조, 각성, 자이언트 킬링이라고요!"

이미 문장술사는 내 곁에서 독립했다!

이른바, 우대 직업이라는 적 구단으로 이적한 거다!

"하하하…… 이 녀석 바보잖아—."

"확실히 할 말이 없네……."

마에다와 야노는 완전히 어이없어하는 기색이다.

한편, 아키라는 즐거운 듯 싱글벙글 웃고 있었다.

"아하하하하하♪ 렌답네~♪ 이미 병이야 병!"

"자자, 상관없잖아. 이제 아키라도 소드 댄서 졸업할 수 있으니까, 겉모습 문제도 자동으로 해결할 수 있단 말이지!"

"오! 나를 위해서라고 말하면서, 또 나를 마음대로 갖고 놀려는 거지?"

"아니아니, 남 듣기 안 좋은 말을—."

"그래도 뭐, 괜찮아. 어울려줄게! 그래서, 난 뭘 하면 돼?"

"오! 그건 말이지요—."

나는 2년 차 마개조 플랜을 설명하기 시작했다—!

■작가 후기

먼저 본서를 구입해주셔서 정말 감사합니다.

VRMMO 학원에서 즐거운 마개조 가이드 6권입니다. 어떠셨습니까?

작가로서 쓰고 싶었던 소재를 파파팍 투입해서 꽉꽉 채워 넣었습니다.

마지막이니까 이것도 저것도 쓰겠어~! 라는 정신입니다. 뭔가 뇌가 바빴습니다.

……이미 말을 꺼내고 말았습니다만, 본작은 이것으로 최종권입니다.

주인공과 아키라가 새로운 칭호를 얻은 거라든가, 마지막에 딱 알맞은 시점에서 바로 그걸 해버리는 등등, 모두 1권 시작 시점부터 상정했던 그대로 끝을 맞이하게 되어서 다행입니다.

이렇게 어찌어찌 제대로 완결을 낸 것은 처음이네요. 감사할 따름입니다.

돌이켜보면 스킬이나 마법이나 탤런트 등등 게임 설정이 이것저것 나왔습니다만, 그것의 사양이나 룰이나 공략법이나 기믹 등등 그런 것을 생각하는 건 그다지 고생하지 않고 쉽게 나왔습니다.

그것을 밝고 즐겁게, 게임 중계풍으로 쓰자는 생각이었는데, 이것도 느긋~하고 즐겁게 쓸 수 있었습니다.

저 자신이 원래부터 온라인 게임 폐인이기도 하고, 게임 중계나 제약 플레이 영상을 무척 좋아하는지라 저에게는 잘 맞는 작품이었습니다.

지금까지 소비했던 수천? 수만? 시간에 감사합니다!

그럴 시간에 자격증 하나라도 따놓을걸! 이렇게 생각한 적도 있었는데 죄송합니다.

당신은 훌륭하게, 라노벨 6권 분량의 인세가 되어주셨습니다!

수지가 맞는지 안 맞는지는 모르겠지만요!

……아무튼 개인적으로는 6권까지 이어갈 수 있게 된 건 대단한 성과여서, 뭔가 볼 수 있었던 게 많았습니다.

작가로서 레벨 업한 느낌과 함께, 작가 수명도 늘어난 것 같으니까요.

일단 지금은 나, 잘했다! 그렇게 자화자찬하고 싶은 기분입니다.

독사 여러분이 보시기에는 6권이 짧다고 느끼실지도 모르지만, 작가의 체감으로는 굉장히 오랫동안 노력해온 느낌입니다.

그와 동시에 10권 이상 계속되는 작품의 작가님은 대체 무슨 괴물인 걸까…… 그런 생각이 들어서 새삼스럽게 몸이 떨리네요.

먼저, 거기까지 이어갈 수 있는 인기를 뽑아내는 게 굉장히 어렵습니다.

이어갈 의지가 있어도 인기가 따라주지 않으면 어찌할 수가 없으니까요.

저도 언젠가는 그 영역에 도달하고 싶다고 생각하고 있습니다만, 어떻게 해야 그런 레벨의 작품을 만들 수 있을지 정말 모르겠습니다.

이제 라노벨 작가가 된 지 그럭저럭 시간이 흘렀습니다만, 여전히 시행착오 중입니다.

다음 작을 위해 또 시행착오의 과정으로 돌아가려고 합니다.

그보다, 영원히 시행착오와 검증을 반복할 것 같은 기분도 드네요.

본작처럼, 시행착오와 검증을 쌓아 올린 끝에 마개조로 각성하고 싶은데 말이죠.

그리고 시리즈 10권 이상이라는 어려운 퀘스트를 멋지게 자이언트 킬링하고 싶습니다.

다음 작품에서 각성할지는 모르겠습니다만, 열심히 노력하겠으므로 다시 구입해주신다면 감사하겠습니다.

마지막으로 담당 편집자 N님, 일러스트를 담당해주신 이

키타 히카 님 및 관계 각처 여러분, 많은 조력을 해주셔서 감사합니다.

그럼 또 다른 작품에서 뵙겠습니다.

■ 역자 후기

안녕하세요. 불초 역자입니다.

VRMMO 학원도 이번 권으로 마지막입니다. 렌과 아키라의 이야기도 이것으로 마무리됐다고 생각하니 시원섭섭하네요. 여러모로 흐뭇해지는 커플이었습니다. 전체적으로는 렌이 폭주하고 아키라가 못 이기는 척하며 따라가는 구도지만, 밸런스가 잘 잡혀있다고나 할까. 여러모로 잘 어울리는 두 사람이었다고 생각합니다. 게임 이야기도 재미있었지만, 두 사람의 풋풋한 관계도 끝까지 즐겁게 지켜볼 수 있었습니다. 마지막에는 좀 과격한 방식(?)으로 이어지지 않았나 하는 느낌도 있습니다만, 이런 것도 두 사람만의 맛이겠죠. 앞으로도 두 사람이 행복하게, 마개조도 열심히 하면서 게임도 즐겁게 하면 좋겠습니다.

그럼 후기는 이쯤 하고 마무리하도록 하겠습니다. 마지막까지 읽어주신 독자 여러분에게 감사의 말씀드립니다.

VRMMO 학원에서 즐거운 마개조 가이드 6

초판 1쇄 발행 2023년 1월 10일

지은이_ Hayaken
일러스트_ Hika Akita
옮긴이_ 이경인

발행인_ 신현호
편집장_ 김승신
편집진행_ 권세라 · 최혁수 · 김경민 · 최정민
편집디자인_ 양우연
관리 · 영업_ 김민원

펴낸곳_ (주)디앤씨미디어
등록_ 2002년 4월 25일 제20-260호
주소_ 서울시 구로구 디지털로 26길 111 JnK디지털타워 503호
전화_ 02-333-2513(대표)
팩시밀리_ 02-333-2514
이메일_ lnovellove@naver.com
L노벨 공식 카페_ http://cafe.naver.com/lnovel11

VRMMO GAKUEN DE TANOSHII MAKAIZOU NO SUSUME 6
~SAIJYAKU JOB DE SAIKYOU DAMAGE DASHITE MITA~

ISBN 979-11-278-6666-2 04830
ISBN 979-11-278-4561-2 (세트)

값 8,500원

의매생활 1~2권

미카와 고스트 지음 | Hiten 일러스트 | 박경용 옮김

고교생 아사무라 유우타는 부모의 재혼을 계기로,
학년 제일의 미소녀 아야세 사키와 남매로서 한 지붕 아래 살게 됐다.
너무 다가가지 않고, 대립하지도 않으며, 적절한 거리감을 유지하자고 약속한 두 사람.
가족의 애정에 굶주린 고독 속에서 노력을 거듭해왔기에
다른 사람에게 어리광 부리는 방법을 모르는 사키와,
그녀의 오빠로서 어떻게 대해야 할지 몰라 당황하는 유우타.
어쩐지 닮은 구석이 있는 두 사람은,
같이 생활하면서 차츰 편안함을 느끼게 되는데…….
이것은 언젠가 사랑에 빠질지도 모르는 이야기.

완전한 남이었던 남녀의 관계가 조금씩 가까워지며
천천히 변해가는 나날을 적은, 연애 생활 소설.

NOVEL

라이트노벨의 새로운 빛! L노벨의 신간은 매월 10일에 발매됩니다. http://cafe.naver.com/lnovel11